Geronimo Stilton

SUR L'ÎLE DES DERNIERS DINOSAURES

ALBIN MICHEL JEUNESSE

Texte de Geronimo Stilton.
*Sur une idée originale d'*Elisabetta Dami.
Coordination des textes de Margherita Banal (Atlantyca S.p.A.).
*Collaboration éditoriale d'*Alessandro Calabrese.
Coordination éditoriale de Patrizia Puricelli.
Édition de Benedetta Biasi.
Couverture de Davide Cesarello *(dessins) et* Christian Aliprandi *(couleurs).*
Direction artistique de Iacopo Bruno.
Conception graphique de la couverture de Pietro Piscitelli / *the*World*of*DOT.
Illustrations intérieures de Davide Cesarello *(dessins) et* Christian Aliprandi *(couleurs).*
Coordination artistique de Lara Martinelli.
Conception graphique de l'intérieur de Daria Colombo *et* Michela Battaglin.
Mise en page de Giorgia Tosi.
Traduction de Béatrice Didiot.

www.geronimostilton.com

Pour l'édition originale :
© 2020, Mondadori Libri S.p.A. pour Edizioni Piemme – Palazzo Mondadori, Via Mondadori, 1 – 20090 Segrate, Italie
sous le titre *Pterosauro in picchiata.*
International rights © Atlantyca S.p.A. – Via Leopardi, 8 – 20123 Milan, Italie
www.atlantyca.com – contact : foreignrights@atlantyca.it
Pour l'édition française :
© 2021, Albin Michel Jeunesse – 22, rue Huyghens, 75014 Paris
www.albin-michel.fr
Loi 49-956 du 16 juillet 1949 sur les publications destinées à la jeunesse
Dépôt légal : mai 2021
Numéro d'édition : 24411
Isbn : 978-2-226-46027-1
Imprimé en Italie par Elcograf s.a. en mars 2021

Geronimo Stilton

MAMAN PTÉROSAURE EN COLÈRE !

ALBIN MICHEL JEUNESSE

QUARTIER GÉNÉRAL DU DINO

(Département d'investigation sur la nature oubliée)

KARINA
VON FOSSILEN

Ses connaissances sur les fossiles et les dinosaures sont tout simplement inégalables !

GENNY GEIGER

C'est la scientifique du groupe. Dans ses veines coule du sang de pirate !

GERONIMO, TRAQUENARD, BENJAMIN ET TRAQUELINE

Quatre agents spéciaux du DINO qui forment la plus unie des équipes pour vivre des aventures riches en… dinosaures !

LENNOX JUNGLE

L'explorateur doté du sens de l'orientation le plus catastrophique qui soit !

N
O
E
S
BOIS DES GÉANTS
PIC GELÉ
FALAISE DE LA FROUSSE
FORÊT STRIDENTE
CASCADES CASSE-PIPE
BAIE NETIBAIGNEPA
CAVERNE FOSSILISÉE
MARAIS PUANT
FOSSE DU CORAIL PROFOND
CERCLE DES NAGEOIRES

ÎLE MÉTÉORE

OÙ VIVENT ENCORE DES DINOSAURES !

EN AVANT TOUTE !

À l'intérieur du sous-marin, une question fusa :

– Navigateur, à quelle distance sommes-nous de l'**OBJECTIF** ?

Lennox Jungle vérifia sur son écran de contrôle, puis répondit :

– Dix milles marins, *capitaine* ! *Euh*… vingt, peut-être ! Non, huit ! *Oups*, j'ai dû me **MÉLANGER**…

Mon cousin Traquenard secoua la tête.

– Karina, fallait-il vraiment que tu confies le rôle de navigateur à Lennox ?! **C'EST UNE CATASTROPHE !**

– Écoute, fis-je remarquer, si Karina a fait ce choix, nous devons le respecter : c'est elle notre *capitaine* !

– **Bien dit, tonton G !** s'exclamèrent en chœur mon neveu Benjamin et ma petite cousine Traqueline.

Fiou ! Être enfermé sous l'eau était déjà assez stressant, nous n'avions pas besoin, en plus, d'une énième **prise de bec** entre mon

cousin et Lennox! Au fait, peut-être vous demandez-vous ce que le directeur de *l'Écho du rongeur*, autrement dit moi, *Geronimo Stilton*, fabriquait à bord d'un sous-marin perdu au fin fond des abysses…

Bonne question, chers amis rongeurs! Eh bien, tout a commencé par une journée paisible et ensoleillée sur l'atoll des îles Bienheureuses…

CETTE JOURNÉE DE VACANCES ET DE DÉTENTE AU SOLEIL S'ANNONÇAIT PARFAITE !

PRÊT, ROI DES CHOCOTTES ?
HEIN ? À Q-QUOI ?
PUIS LENNOX ARRIVA ET NOUS PROPULSA DANS UNE NOUVELLE AVENTURE…
CUISINE
IL NOUS ENTRAÎNA À BORD D'UN ÉTRANGE SOUS-MARIN PRÊT À PLONGER !
BIENVENUE SUR LE DINOTILUS !
COUCOU, KARINA !

C'est ainsi que nous nous sommes retrouvés à bord du *Dinotilus*, le sous-marin qui appartient au **DINO** (Département d'investigation sur la nature oubliée), en compagnie de mon amie **PALÉONTOLOGUE** Karina von Fossilen et de l'explorateur Lennox Jungle.
Notre destination ? Météore, la légendaire île des derniers dinosaures, bien sûr !
Maintenant que les choses sont claires, si vous voulez plonger avec nous dans cette nouvelle **AVENTURE**, récitez avec moi la devise des agents spéciaux du DINO :

Entre copains, on se soutient !
Les secrets, c'est sacré,
Laisse le rêve t'enchanter !

UN JEU DE SOURICEAUX

Nous étions à bord du *Dinotilus* depuis un moment déjà, mais n'avions pas encore reçu la moindre **INFORMATION** sur la mission secrète qui nous attendait.

À bout de patience, Traquenard demanda :

– *Capitaine* Karina, quel exploit vais-je devoir accomplir cette fois ? Séparer des tyranno*choses* chamailleurs ? Sauver un bébé géanto*truc* ? Aider une famille de *bidulo*-raptors en difficulté ? Rien ne peut arrêter le grand Traquenard !

– Dis, tonton Traq', ma mémoire me trompe ou tu es devenu vert comme un fromage périmé face au titanosaure que nous avons rencontré lors de notre dernière opération ? s'enquit Traqueline.

– *Tss*, la bonne blague ! rétorqua mon cousin.

Il s'agissait d'une technique de camouflage ! Tu ne sais donc pas que j'ai travaillé dans la **JUNGLE** ?

– Ah, tu as affronté, toi aussi, ce milieu et ses dangers ? s'exclama Lennox en détournant les yeux des **INSTRUMENTS** de pilotage. Connais-tu la jungle aux Sept Morsures ? Moi, j'y ai noué des liens très... *étroits* avec un anaconda et...

– LENNOX !!! cria Karina. Concentre-toi ou nous allons foncer droit dans cette saillie !

– *Oups de oups !* souffla l'explorateur en reprenant les commandes et en faisant opérer au *Dinotilus* un virage aussi brusque qu'inattendu.

PAF !

Un tableau tomba de sa cloison... pile sur ma patte ! **Aïe, quelle douleur féline !**

– Attention à vous, les amis ! nous recommanda Karina.
Puis elle ajouta :
– Ce portrait est celui de Némo Insubmersible, le grand-oncle de la professeure Genny Geiger. Il commandait le *Dinotilus* à l'époque où cet extraordinaire moyen de transport était encore un SOUS-MARIN PIRATE !
Dequoidequoidequoi ? Un sous-marin pirate ?!
Avant même que j'aie eu le temps de l'interroger, Karina se mit à nous parler de l'opération du jour :
– Chers **agents spéciaux**, vous ne devinerez jamais ce qui nous attend ! Une mission émouvante, ébouriffante, renversante…
– S'agira-t-il d'explorer une nouvelle partie de l'île ? demandai-je.
Mon amie secoua énergiquement la tête.
– Non ! Bien mieux !
– De secourir un dinosaure en danger ? hasarda Ben.
– **Mieux ! Bien mieux !**

– De soigner une *meute* de prédateurs carnivores ? s'enquit Traqueline.
– Mieux ! Mille fois mieux !
Karina marqua une pause, puis déclara :
– Nous allons…
Tout le monde retint son souffle.
– … nous occuper…

… D'ŒUFS !

– Ah, excellente nouvelle ! se réjouit Traquenard. Je suis le gars, *ou plutôt le rat*, de la situation. En toute modestie, je suis le roi de l'omelette !

Des œufs ?! Une omelette ?! Je n'y comprenais croûte ! Tout ce trajet pour s'adonner à la **CUISINE PRÉHISTORIQUE** ?
– Une omelette, quelle idée ! soupira la

paléontologue. Tu n'y es pas du tout ! Il s'agit d'œufs très **rares** que nous seuls, agents spéciaux du DINO, aurons le privilège de voir s'ouvrir ! Rendez-vous compte : nous serons les premiers rongeurs à pouvoir observer (et immortaliser) leur éclosion. Enfin, si **MISS FROUFROU** veut bien nous le permettre…

– Miss Froufrou ? m'étonnai-je.

– Oui, la femelle **PTÉRANODON** qui les a pondus ! répondit notre scientifique.

– *Hum*, cette opération ne s'annonce pas si aventureuse que ça, finalement… murmura Traqueline.

– Et elle ne le sera pas, assura mon cousin en brandissant son téléphone. J'ai vérifié : le ptéro*chose* est une sorte de grOS **chien**… *Pfah*, cette fois, notre mission sera hyper-simple, super-tranquille et archi-sûre : un jeu de souriceaux !

Minute ! Un chien ?! Quel rapport avec les dinosaures ?

– N'importe quoi, tonton T : les chiens ne pondent pas d'œufs ! s'écrièrent les enfants. Passe ton téléphone !

Et aussitôt Traqueline s'exclama :

– Tout s'explique ! Tu as cherché *ptérodon*, le nom d'un **MAMMIFÈRE TRÈS ANCIEN**, alors que Karina a dit « *ptéranodon* » !

– Exact ! confirma celle-ci. Miss Froufrou est un *ptérosaure*, c'est-à-dire un **grand reptile volant** : ses ailes présentent une envergure de plusieurs mètres !

– QUOI ?! Un *ptérodactyle* ?! demandai-je, près de m'évanouir tant j'avais la frousse.

– Nooon, répondit Karina. Parmi les ptérosaures, il ne faut pas confondre le ptérodactyle

(qui est petit) avec le ptéranodon (qui est… gigantesque) !
Par mille mimolettes, *gigantesque* ?!
Au menu, il n’y aurait donc pas d’omelettes, mais du HACHIS DE RONGEUR !

GERONIMO FACE AU…

PTÉRANODON

Traduction: AILÉ SANS DENTS

Poids:
ENVIRON 20 KILOS

Régime:
CARNIVORE

Envergure:
JUSQU’À 6 MÈTRES

BOUGEZ-VOUS !

Soudain, Lennox s'exclama :
– *Capitaine,* objectif en vue !

PAREZ AU DÉBARQUEMENT !

Argh... pas moyen de se dérober : nous allions devoir approcher Miss Froufrou et observer en CACHETTE l'éclosion de ses œufs, en espérant que la femelle reptile (avec d'immenses ailes, s'il vous plaît !) n'ait rien contre...

– On ne passe pas au quartier général du DINO ? s'étonna Ben.

– Au galion ? Non, pas cette fois, répondit Karina. Nous allons directement là où VIVENT les ptérosaures, un îlot rocheux situé à quelques heures de navigation de Météore. Plus précisément...

– Ici ! claironna notre navigateur, juste avant qu'un grand

BOUM!

ne mette le sous-marin sens dessus dessous. *Pardon !* Je me suis trop approché…

– Lennox, fais attention ! le gronda Karina. Le *Dinotilus* n'est plus tout jeune, mais, une fois notre **MISSION** terminée, il doit pouvoir nous ramener chez nous sains et saufs.

– À vos ordres, *capitaine* ! Situation à nouveau maîtrisée ! Nous allons replonger !

– *Par la barbe de mon grand-père pirate,* il était temps que vous arriviez !

Hé… une minute ! Cette voix était celle… de la professeure Genny Geiger ! Et elle provenait de l'un des **appareils** du sous-marin, qui s'était allumé en bourdonnant. Juste après, son image apparut sur l'écran. Énergique comme toujours, elle nous lança :

– BOUGEZ-VOUS, sinon quand vous arriverez, les bébés ptéranodons iront déjà à l'école ! Rappelez-vous : cette mission est très très **IMPORTANTE** ! Pas de bêtises, d'accord ?
Nous étions si intimidés que personne ne répliqua.
– Eh bien, moussaillons, je ne vous ai pas bien entendus ! Si jamais l'un de vous fait ne serait-ce qu'une égratignure à ces précieux œufs, je le transformerai en…

CHAIR À REQUINS !

– Ne crains rien, Genny, cette froufroutosaure, je m'en occupe ! assura Traquenard. **FILMER** un petit tas d'œufs, fastoche ! J'ai été réalisateur, moi !

– *Dinotilus* en surface. Débarquement imminent !

annonça Lennox.

– Avant que vous ne sortiez, je dois vous fournir quelques informations fondamentales sur cet îlot, reprit Karina. *Primo,* il est riche en animaux préhistoriques (normal)…

– Féroces ?! s'enquit Traqueline.

– **TRÈS !** répondit Karina. *Secundo,* il a un volcan…

– Actif ?! demanda Benjamin.

– Ça, oui ! De temps à autre, il offre le spectacle d'**ÉRUPTIONS** des plus fabuleuses, précisa mon amie d'une voix guillerette. Dernière chose…

Quoiquoiquoi ? Qu'est-ce que cette île pouvait encore nous réserver, en plus de ses bêtes sanguinaires et de son volcan prêt à fulminer ?

– L'un de nous doit rester à bord pour S'OCCUPER du sous-marin et de nos contacts avec la base, autrement dit le galion.

– *Aaaah...* gémit Traquenard. Quel sacrifice, quelle souffrance, quelle frustration ! Mais je me porte VOLONTAIRE, ce n'est que justice !

Humpf, mon cousin ne changera jamais !

– Inutile, je peux rester, moi... tentai-je.

– Cher cousin, comment pourrais-je te priver de la joie d'une telle mission ? Je sais combien tu aimes l'**AVENTURE**, le danger, les expériences extrêmes !

Comme je l'imaginais, Traquenard avait une telle frousse qu'il essayait de se débiner !

Mais avant même que j'aie eu le temps de dire « *scouiiit* », Karina trancha :

– D'accord, Traquenard restera sur le **DINOTILUS** avec Ben et Traqueline.

Puis, se tournant vers nous, elle demanda :

– Lennox, Geronimo, êtes-vous prêts à me suivre jusqu'au nid de Miss Froufrou ?

Bien évidemment ! Un agent spécial ne recule… JAMAIS,

NON,

JAMAIS !

NAAAGE !

Les enfants finirent de nous motiver :

– **On te soutiendra, tonton G !**

– Pour sûr ! renchérit mon cousin. Entre une sieste et un en-cas, je penserai trèèès fort à vous !

Karina rétorqua :

– Pas d'entourloupe, agent Traquenard ! Tout le temps que durera notre **EXPÉDITION**, toi et les souriceaux devrez rester en alerte et garder le contact avec nous, grâce à ça…

Mon amie exhiba deux **téléphones satellites**, dont elle confia un exemplaire à mon cousin. Puis elle précisa :

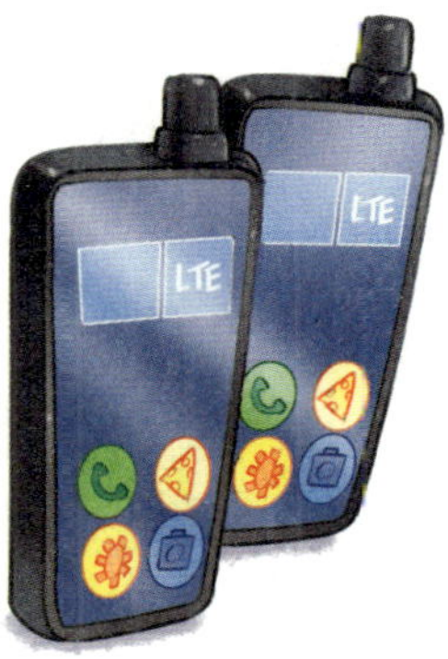

– Ils nous permettront de COMMUNIQUER tant avec vous, sur le *Dinotilus,* qu'avec Genny, sur le galion. Est-ce que tout est clair, agents spéciaux ?

– Parfaitement clair, *capitaine* ! répondirent gaiement Benjamin et Traqueline.

Le moment était venu de partir. M'armant de courage, je saisis le sac à dos que me tendait Lennox et embrassai les petits.

– Surtout, Geroni*peur,* essaie de ne pas t'éteindre avant l'heure ! gloussa Traquenard.

J'allais lui répondre, quand Lennox, qui avait commencé à gravir l'échelle de sortie derrière Karina, me pressa :

– ZOU, MON FRILEUX AMI !

– J'arrive, j'arrive !

Je grimpai et franchis la trappe juste après eux. Qui sait ce qui nous attendait dehors…

– ATTENTIOOOOOOOOOOOON !

cria Karina.

– *O-oh…* Miss Froufrou… froufroute juste au-dessus de nous ! observa Lennox.

Levant le museau, je vis une grande, que dis-je, immense, voire gigantesque OMBRE de reptile volant… Nous étions hors du *sous-marin* depuis à peine quelques secondes et risquions déjà de nous transformer en PÂTÉE À PTÉRANODON !

– Saute, roi des chocottes ! Je te rattraperai ! m'encouragea Lennox, qui venait de bondir sur la plage à côté de Karina.

Je les regardai et soupirai, après quoi je pris mon élan, fermai les yeux et m'élançai.

Mais comme l'athlétisme n'est pas mon fort… je glissai, roulai au bas du submersible et tombai droit dans les vagues glacées de la mer.
Un plongeon dans des eaux polaires : il ne manquait plus que ça ! J'allais pouvoir filmer les œufs de Miss Froufrou froid et dégoulinant comme un glaçon jurassique !
Mais, une seconde… Qu'est-ce que Karina essayait de me dire ? Et pourquoi **agitait**-elle les pattes de la sorte ? Maman ptérosaure revenait, c'était ça ? Je devais remuer les bras comme mon amie ? Ou y avait-il derrière moi, de plus en plus près…
– Un monstre marin ! AU SECOUUURS ! hurlai-je à pleins poumons.
Eh oui, chers petits éclats de parmesan, vers moi nageait un **GROS CROCODILE PRÉHISTORIQUE** plus long qu'un autobus !

Quand la gueule de l'abominable créature s'ouvrit, dévoilant d'horribles crocs gigantesques et acérés, je gesticulai comme un beau diable!

– Naaage! me conjura Karina depuis le rivage.

Je me mis à mouliner des pattes aussi vite que je le pouvais, mais trop tard. Je me voyais déjà **BROYÉ**, haché, digéré!

Je sentais l'haleine du crocodile tout près, à un poil de mon poporatin...

Adieu, monde cruel! pensai-je, désespéré.

Soudain me parvint un drôle de bruit :

CHOMP

CHOMP CHOMP!

Hein ?! Pourtant, j'étais encore entier!

Dans un éclair de courage, je me retournai et jetai un **COUP D'ŒIL** dans mon dos :

le monstre marin se repaissait joyeusement d'un banc de petits **POISSONS** !
Ce qui voulait dire… qu'il me restait une chance !
Je *NAGEAI* à toute allure, sans plus me retourner, jusqu'à ce que Lennox et Karina me repêchent et me tirent sur le sable.

Lennox ne manqua pas de me féliciter :
– Bravo, graine de froussard, tu as battu le **RECORD** du monde de fuite dans l'eau, catégorie : supersonique ! Je n'aurais pas fait mieux !
– Tu as eu de la chance, Geronimo, ajouta Karina. Le **KRONOSAURUS** est vraiment féroce !

Puis elle m'étreignit et j'oubliai sur-le-champ ma **PEUR**, le froid et les crocs de l'affreuse bête !

GERONIMO FACE AU...

KRONOSAURUS

Traduction: LÉZARD DE CRONOS

Poids: ENVIRON 11 TONNES

Régime: CARNIVORE

Longueur: JUSQU'À 10 MÈTRES

BZZZ... BZZZ... BZZZ...

Enfin, notre mission pouvait commencer.
– Parfait, agents spéciaux ! Pour atteindre le **nid** de Miss Froufrou, nous allons devoir faire une belle petite grimpette, nous annonça Karina.
– Aaah ! se réjouit Lennox, plein d'énergie. Après tout le temps que nous avons passé dans le *Dinotilus*, j'avais bien besoin de me dégourdir les pattes !
Moi, en revanche, je pensai à mon cousin, qui devait se prélasser dans le sous-marin, sans autre préoccupation

que le grignotage d'un délicieux assortiment de snacks au fromage…

– En avant ! *Une-deux, une-deux, une-deux !* se mit à scander Lennox.

– Pour les protéger des coulées de lave, Miss Froufrou a eu l'idée de pondre ses œufs dans les rochers d'un PIC ÉLEVÉ, précisa Karina. Une maman modèle, non ?

– *Si, très sage, notre miss !*

renchérit l'explorateur. Chemin faisant, nous traversâmes :

– **un pré dont l'herbe haute me causa des démangeaisons jurassiques ;**

– un champ de cactus qui laissa mon popotin criblé d'épines ;

– un torrent si fangeux que j'en sortis couvert de boue de la pointe des moustaches à celle de la queue !

MAIS POURQUOI POURQUOI POURQUOI

n'empruntons-nous jamais des voies un tantinet plus confortables ?

– Sors de là, petite faisselle ! Moi aussi, j'adore les bains de boue, mais ce n'est pas le moment ! Et il y a plein de moustiques !

Lennox avait raison : ces empoisonnants petits insectes s'étaient amassés autour de mon chapeau pour essayer de me piquer le museau !

– Ouste, du balai ! m'écriai-je en agitant les pattes pour les chasser.

– Et maintenant tu danses... soupira Lennox. Allons, roi des chocottes, reprends-toi et suis-nous ! Les œufs de Miss Froufrou ne vont pas attendre la fin de ta récré !

Je lui emboîtai le pas, accompagné d'une nuée de moustiques bourdonnant de plus belle autour de ma tête.

Heureusement, à présent notre chemin était un peu moins pentu, Karina nous montrait la voie au milieu de grands arbres préhistoriques et le sol était souple et sec sous nos pattes.

J'étais presque arrivé à me détendre, quand...

– AÏE ! MON NEZ ! hurlai-je.

Une étrange petite bête volante venait d'y planter les crocs.

– Courage, agent Geronimo ! me soutint Karina. Oh… mais c'est un spécimen de *Coelurosauravus* ! Comme il est *beau* !

– Et il n'est pas seul ! Aaah, que me veulent ces **BESTIOLES** ? couinai-je, exaspéré.

– Ne sont-ils pas adorables ? poursuivit la paléontologue en désignant ces lézards volants aux gueules grandes ouvertes. En

fait, ce n'est pas toi qui les intéresses, mais les moustiques !

– Jette ton chapeau ! me conseilla Lennox.

Comme s'il s'était agi d'un Frisbee, je le lançai au loin… et moustiques et mini-reptiles ailés disparurent avec lui.

GERONIMO FACE AU… COELUROSAURAVUS

Traduction: AÏEUL DE LÉZARD AUX OS CREUX

Poids: MOINS DE 1 KILO

Régime: INSECTIVORE

Longueur: ENVIRON 30 CENTIMÈTRES

– Bien joué, me félicita l'explorateur, mais tu devrais travailler ton geste, froussard de chez froussard : ton chapeau est coincé en haut de cet arbre… Une chance que ses fibres soient *biodégradables* ! Et une autre que j'en aie un de rechange ; il t'ira comme un gant !
Aussitôt, Lennox sortit de son sac… un SOMBRERO !

Humpf !
– Assez perdu de temps, agents spéciaux ! nous recadra Karina. Rejoignons vite le nid de Miss Froufrou !

QUELLE ÉMOTION !

Nous poursuivîmes notre ascension sans autre difficulté, mais la montée était devenue RAIDE,

ESCARPÉE,

VERTICALE !

Je n'avais plus le moindre souffle, alors que Lennox, lui, grimpait d'un pas alerte.

– Ça me rappelle l'escalade du mont Trèsapic à l'aube, dans le plus épais des brouillards ! Quels sommets ! Quels pics ! Quelles aiguilles ! Tu aurais dû voir ça, roi des chocottes !

– JE CRAINS... *Pouf, pant !* QUE CE NE SOIT PAS... *Pouf, pant !* haletai-je, DU TOUT MON GENRE ! *Pouf, pant !*

– Silence, agents spéciaux ! nous commanda Karina. On y est : plus le moindre bruit !

Nous marchâmes jusqu'au dernier rocher et… *tadam* : dans un petit coin, bien à l'abri, nous trouvâmes le **nid** de Miss Froufrou, avec trois œufs grands comme… ma foi, comme des œufs de créature préhistorique !

– Quelle merveille ! Jamais de toute ma carrière je n'ai eu la chance de voir des **ŒUFS DE PTÉROSAURE** s'ouvrir sous mes yeux ! chuchota Karina, alors qu'une larme discrète coulait le long de sa joue.

Lennox, qui s'était mis à fouiller dans son sac à dos, en sortit, dans l'ordre : **un porte-œufs**, **un passe-montagne**, **un puzzle** et **trois caméras**.

– Petite faisselle, place ta **CAMÉRA** là-bas. Moi, j'installerai la mienne en hauteur et Karina calera la troisième ici…

Gloups ! Pour ce faire, je devais marcher sur une corniche aussi fine qu'une lamelle de parmesan !

– Ça va aller ? me demanda Karina, les yeux brillants d'émotion.

Je me levai et marchai à quatre pattes jusqu'au point que m'avait indiqué Lennox, qui, entre-temps, avait **GRIMPÉ** de l'autre côté du nid pour positionner son propre appareil.

Installation terminée : tout était prêt pour filmer l'éclosion !

– Tiens, un APPEL de Genny ! dit Karina après avoir sorti de sa poche le téléphone satellitaire, qui s'était mis à vibrer.

– ZZZ... tion...

La voix de la professeure était brouillée par de fortes interférences.

– Pardon, Genny ? Je n'ai pas bien entendu... À toi ! répondit Karina d'un ton soucieux.

L'appareil grésilla de nouveau.

– ...ave... ZZZ... par... ZZZ...

– Qu'est-ce qu'elle dit ? demandai-je.

– Tout ce que j'ai capté était tion, puis ave et enfin par... récapitula Lennox. Peut-être a-t-elle voulu dire qu'elle a mangé une portion de chou rave au parmesan !

Je le regardai d'un air incrédule : cette **explication** n'était vraiment pas plausible !

– Ça n'a aucun sens ! Et si elle avait voulu nous donner des consignes sur la manière de FILMER les œufs ?

– Peut-être… admit Karina. À moins qu'elle n'ait voulu savoir si notre expédition de braves était parvenue à destination ?

Tandis que nous nous creusions les méninges pour résoudre cette énigme, il se passa une chose qui modifia radicalement le cours de notre **MISSION** !

DANS LE BEC !

La terre se mit à trembler fort, de plus en plus fort, nous faisant chanceler comme des flans au chabichou. Puis nous entendîmes un **GRONDEMENT** terrifiant qui semblait monter de sous nos pattes.

– Que… que se passe-t-il ? m'alarmai-je.

– Le **VOLCAN**, répondit nerveusement Karina. Mais bien sûr ! Genny voulait nous dire qu'il va entrer en éruption, qu'il crachera des torrents de lave et que nous devons partir !

Ratastrophe, les mots tronqués du message de la professeure étaient donc : éruption, lave, partir !

– Du calme, les amis, intervint Lennox. Ce n'est rien par rapport à la fois où les dix-huit volcans de la chaîne du Magmaticum se sont réveillés, l'un après l'autre, devant moi ! QUELLE JOURNÉE ! Chaude, pour ne pas dire ardente, mais pas autant que celle où…

– Agent Lennox ! l'arrêta Karina. L'heure n'est pas aux récits d'aventure : nous devons concevoir un plan pour sauver les œufs, et vite !

– Moi, je proposerais volontiers de redescendre illico… tentai-je.

– D'accord, mais comment ? répliqua Lennox en secouant la tête. Par le même versant qu'à l'aller ? *Tsss,* nous n'aurons jamais le temps !

– *Scouiiit !* Alors, on fait comment pour rentrer sans se faire griller ? On s'envole ?

Le visage de l'explorateur s'éclaira.

– Excellente idée, graine de froussard ! D'autant que j'ai ce qu'il nous faut !

Il se remit à fourrager dans son sac et projeta autour de lui : un parapluie, un maillot de basket, un arrosoir…

– Mais où sont-ils passés ? grommela-t-il.

Pour finir, il exhiba d'un air radieux trois paquets.

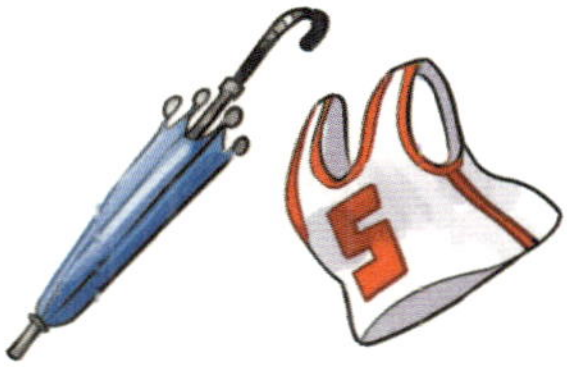

– Voici nos combinaisons ailées ! annonça-t-il en déballant trois étranges costumes. Mon **PLAN** est le suivant : chacun en enfile une, prend un œuf et redescend en planant jusqu'à la coque du *Dinotilus*. Qu'en dites-vous ?

J'allais objecter que c'était le pire plan que j'avais jamais entendu, mais, vive comme l'éclair, Karina répondit :

– **Parfait !**

Et nous sanglerons les œufs pour qu'ils ne courent aucun risque. Action !

Une seconde plus tard, sans bien savoir comment, je me retrouvai comprimé dans l'une des **COMBINAISONS AILÉES** de Lennox.

– Prêt, agent Geronimo ? me demanda la paléontologue en me passant mon œuf. Surtout, accroche-le bien à ta taille et… *protège-le*, quoi qu'il arrive !
Alors même que j'acquiesçais, Lennox, dont l'œuf était déjà bien arrimé, s'envola en claironnant :

– PLUS AGILE QU'UN PTÉROSAURE !!!

Un instant plus tard, Karina s'élança à son tour vers le *Dinotilus*.
Il ne manquait plus que moi.
Je pris une grande inspiration, me mis en position de départ, m'apprêtai à glisser l'œuf dans son harnais de fortune, quand…

BROAAAH !

Un nouveau grondement secoua l'île… et mon précieux chargement me glissa des pattes !

Oh non ! Dans un effort félin, j'étirai ma carcasse, l'attrapai et le mis à sa place. Mais cette manœuvre me fit perdre l'équilibre et… je basculai dans le vide !
– AAAHHHAAAHHHAAAHHH ! criai-je en dégringolant.
J'étais sûr et certain de m'écrabouiller contre les vagues… mais mes ailes, gonflées par une puissante rafale de vent, me ramenèrent vers le haut. Et je me mis à *planer* doucement.
– Hé, pas si mal ! murmurai-je, étonné.
Mes amis, qui volaient devant moi, n'étaient plus qu'à un poil du *Dinotilus*.
Je voulus les rejoindre, mais… pas moyen ! Quelqu'un venait de m'attraper, me piquer, me coincer dans son bec… *Nom d'une souricière*, Miss Froufrou m'avait **CAPTURÉ** !
– AAAHHH ! criai-je encore, pendant que la grosse femelle reptile m'emportait vers son **nid**.
Quand nous fûmes pile au-dessus, elle m'y laissa tomber, puis repartit.

Quelle merveille !

Aaaargh !
Criiiiiiiic !

– Arrête ! lui criai-je. Le volcan s'est réveillé !

Tes œufs et toi êtes en danger !

Comme, bien sûr, maman ptérosaure ne pouvait pas me comprendre, elle s'engagea dans un vol à haut risque pour récupérer ce qui, sous peu, donnerait le jour à ses petits.

Mais presque aussitôt, elle se heurta à un jet de fumée sorti du cratère.

Étourdie et la vue brouillée par les poussières INCANDESCENTES, la malheureuse se mit à tomber bas, plus bas, toujours plus bas !

SAUVETAGE DE PTÉROSAURE

Oh non ! Pauvre Miss Froufrou !

Je me penchai hors du nid pour mieux voir : maman ptérosaure était tombée dans l'eau, tout près du sous-marin, avant de couler comme une pierre.

Quelle horreur !

– Remonte, ma belle ! Tu peux y arriver… murmurai-je en fixant les bulles qui éclataient à la surface.

Au même instant, d'un grand sas du *Dinotilus* pointa quelque chose…

Nom d'une souricière, on aurait dit… une petite rampe !

Au bout de celle-ci apparut un **SOUS-MARIN DE POCHE** doté d'un habitacle transparent de forme sphérique et piloté par nulle autre que… KARINA !

Notre chère paléontologue filait au secours de Miss Froufrou ! Un grand sourire aux lèvres, elle s'ENFONÇA au milieu des vagues.

Pendant quelques interminables minutes, je retins mon souffle, puis enfin m'exclamai :

– Ouiii !

L'**engin de secours** venait de refaire surface, avec Miss Froufrou : **MISSION ACCOMPLIE !** La pauvre femelle ptérosaure aux yeux las et aux ailes repliées disparut à l'intérieur du *Dinotilus* en même temps que sa protectrice. Elle était épuisée, mal en point, mais elle s'en sortirait, c'était certain !

– Quelle extraordinaire aventure ! soupirai-je en essuyant mes larmes (eh oui, chers amis rongeurs, je suis un gars, *ou plutôt un rat,* au cœur tendre, très tendre).

Mais maintenant que notre maman reptile était **sauve**, il restait un petit, tout petit, minuscule problème : j'étais seul au sommet de ma montagne, dans une combinaison déchirée et à deux pas d'un volcan prêt à me désintégrer...

Je commençais à redouter le pire, quand...

– **COURAGE, PETITE FAISSELLE !**

cria une voix derrière moi, avant d'ajouter : La journée est encore longue !

Je me retournai, ébahi : c'était Lennox ! Incroyable !

– Comment… Qui… Que fais-tu ici ? lui demandai-je.

– Quand j'ai vu que notre reptile préféré t'avait CAPTURÉ, je me suis dit que tu avais besoin d'un coup de patte ! J'ai fait machine arrière et suis remonté fissa…

BROOOAAAH !

Un grondement (de puissance double, cette fois) nous fit sursauter.

– Merci, mon ami, mais désormais nous sommes deux dans le PÉTRIN !

– N'aie pas peur, camarade suant et tremblotant ! Pendant que je grimpais jusqu'ici, je nous ai aménagé une bien pratique…

… VOIE DE FUITE !

Aussitôt, l'explorateur me souleva (et l'œuf avec moi), puis s'élança dans le vide.

– AAAAAAHHH !

Par mille mini-fromages affinés, il avait tendu un CÂBLE entre ce point du pic et le sous-marin, et voilà que nous le descendions à la vitesse grand V !

Au bout de quelques secondes, nous atterrîmes en toute sécurité sur la coque du *Dinotilus*.

– Tout va bien ? me demanda Lennox en m'adressant un clin d'œil.

Avant de lui répondre, j'examinai l'œuf : intact, *fiouuu !*

Moi, en revanche, j'étais dans un **SALE ÉTAT** : j'avais l'estomac retourné, les genoux mous comme du fromage blanc et le cœur qui cognait aussi fort qu'un marteau piqueur. Mais j'étais content : je n'avais pas flanché !

DODO PTÉRO DO...

Dès que je fus dans le sous-marin, les souriceaux coururent m'**EMBRASSER**.

– Trop fort, tonton ! Tu es encore en un morceau et tu as sauvé l'œuf... Un vrai héros ! Oui, un vrai héros ! Un vrai héros ! Un vrai héros !

Je regardai autour de moi : que de monde à bord du *Dinotilus* ! En plus de toute notre équipe, il y avait Miss Froufrou, sonnée mais en bonne voie de rétablissement, et ses œufs, tout près d'éclore.

– **Dépêchons-nous !** nous pressa Karina. Lennox, Traquenard : prenez les commandes, vite ! Nous devons nous éloigner de cet **ÎLOT**

avant que le volcan ne nous réduise en bouillie d'agents spéciaux !

– À vos ordres, *capitaine* ! clamèrent en chœur les deux rongeurs.

– Ben, Traqueline : faites comme moi, prenez un œuf ! poursuivit la paléontologue. Et tâchons de leur trouver un endroit bien calme pour leur éclosion.

– Dis, Karina, je... Voilà...

– Mais oui, Geronimo, me répondit-elle comme si elle avait lu dans mes pensées, j'ai une mission de confiance pour toi aussi ! **VEILLE** sur le repos de cette adorable maman volante !

D'un geste, elle désigna Miss Froufrou, qui dormait sur nos sacs de couchage.

GLOUPS !

Pourvu qu'elle ait le sommeil très, mais très, mais vraiment trèèès lourd !

– *Euh...* les **ŒUFS** ? On les porte où ?

s'enquit Traqueline. Il leur faut un petit coin sûr et tranquille, c'est ça ?

– Pourquoi ne pas tapisser de coussins la BAIGNOIRE qui se trouve dans la soute ? suggéra Benjamin. Ça leur fera un nid bien moelleux !

– Excellente idée, agent Ben ! Exécution !

Moi, je m'étais installé au chevet de maman ptéranodon, qui dormait paisiblement : après

un bon gros sommeil, elle irait sûrement mi…

BROAAAH !

– C'était quoi ? demandai-je.

– Le volcan se prépare à faire son SHOW ! répondit Lennox. À en juger par ses grondements, nous allons assister d'ici peu à une ÉRUPTION avec tambours et trompettes !

– Vite, nous devons nous mettre en lieu sûr ! glapis-je. Qu'est-ce qu'on attend ?

– Pas de panique, Geroni*transi*, en un frémissement de moustaches nous serons partis ! répliqua Traquenard en manœuvrant les commandes.

Au même instant, Miss Froufrou ouvrit ses mirettes.

– B-bonjour… bredouillai-je. Tout va bien… Euh… *Dodo ptéro do… Froufrou dormira bien vite…*

À l'évidence, ma berceuse ne fut pas de son goût, car elle écarquilla les yeux et poussa un cri AIGU, PERÇANT, STRIDENT !
Puis elle se mit à mouliner des ailes et à voleter confusément d'une zone à l'autre du *Dinotilus*.

BROAAAH !

gronda encore le volcan, à l'extérieur.
– À L'AIIIDE ! couinai-je, à l'intérieur, en courant dans tous les sens.
– HIIIIIK ! piailla Miss Froufrou.

Ooooooohhhhhhhh!
Aaargggh!

Lennox bondit pour essayer de l'arrêter, mais elle l'évita et **S'ÉLANÇA** vers moi. Allongeant le cou (*non, pas ça…*), elle me pilonna la caboche (*aïe ! ouille !)* et me poussa jusqu'au poste de navigation (*argh !*), où, sans le vouloir, je bousculai Traquenard.

– Geroni*loustic*, qu'est-ce que tu fabriques ? s'écria mon cousin en s'étalant sur le tableau de commandes.

Au même instant, une **MASSE** enflammée, crachée par le volcan, coula devant nous, et…

BOUM !

– *O-oh…* fit Lennox. Le bruit reconnaissable entre tous du sous-marin **TOUCHÉ** !

– Que se passe-t-il ? voulut savoir Karina, qui remontait de la soute.

Derrière elle, les enfants s'exclamèrent :

– Oooh, Miss Froufrou s'est réveillée !

– De très **MAUVAISE HUMEUR** ! ajoutai-je.

– Agents spéciaux, rouvrez l'accès à la soute ! nous ordonna Karina.

Quand enfin la femelle ptérosaure revit ses trois œufs, elle courut auprès d'eux et se mit à les couver.

– Affaire réglée ! murmura mon amie.

– Tant mieux, parce que j'ai une **MAUVAISE NOUVELLE**... intervint Traquenard. Nous avons été touchés par une bombe volcanique : le *Dinotilus* présente une **AVARIE**...

– Ce qui signifie ? demandai-je.

– Que nous allons dériver dans la mer de Météore comme un gros canard gonflable à la merci des vagues !

– Appelons Genny ! décida Karina.

Hélas, tout comme les autres appareils, le système de communication du sous-marin et les téléphones satellitaires étaient **HS** (hors service). Nous étions seuls de chez seuls !

QUELQUE CHOSE À L'HORIZON !

Chers amis rongeurs, comme vous pouvez le supposer, un agent spécial du DINO doit toujours se montrer fort. Positif. Prêt à trouver une **SOLUTION**. Maintenant, imaginez-vous livrés aux caprices de la mer en compagnie d'un énorme reptile volant et de ses œufs prêts à éclore ; le tout près d'un volcan très, mais très chatouilleux. Vous voyez le tableau ? Si oui, vous comprendrez pourquoi la frousse fit palpiter mes moustaches à une vitesse supersonique.

– **C'EST SANS ESPOIR...**

murmura Traqueline.

– Calme et sang-froid, agents spéciaux ! nous recommanda Karina. Cette fois encore nous trouverons le moyen de nous en sortir, vous verrez ! Ne sommes-nous pas des agents du DINO ?

– Si, répondit Traquenard, mais SANS commandes opérationnelles, SANS téléphone, SANS nourriture et surtout SANS avenir !

– Et nous ne pouvons même pas essayer de fuir à la nage, me désolai-je. Cette mer est bourrée de squales préhistoriques et autres **MONSTRES AQUATIQUES** !

Entre-temps, le *Dinotilus* avait presque refait surface.

Chaque vague nous poussait tantôt un peu plus HAUT… tantôt un peu plus BAS… tantôt par CI… tantôt par LÀ… ajoutant à ma frousse un mal de mer abyssal !

Je m'effondrai sur un siège proche d'un hublot, puis bredouillai :

– Hé ! Il y a quel… quelqu… quelque ch…

– Cousin, tu as un nœud dans la langue ou quoi ?
Soudain, Lennox s'exclama :

– QUELQUE CHOSE À L'HORIZON !

Le *Dinotilus* finit d'émerger et nous nous pressâmes contre les hublots pour scruter l'énorme FORME qui se faisait proche, de plus en plus proche…
– De quoi peut-il bien s'agir ? Un dinosaure de mer ? s'interrogea Benjamin.
– Une baleine primitive ? hasarda Traqueline.
– Moi, je trouve que ça ressemble plutôt à un VOILIER, pas vous ? fit valoir Karina.
– Je parie que c'est encore Boston Blake, ce pirate à la noix*, qui cherche le trésor de l'île Météore ! commenta Lennox.
– Non ! Un instant ! m'écriai-je. Ce n'est pas son rafiot, mais…

LE GALION DU DINO !

** Le perfide Boston Blake est l'ennemi juré du DINO. Il connaît l'existence de l'île Météore, dont il recherche le trésor, sans aucun égard pour les dinosaures.*

TOUS À BORD !

– *Par mille mimolettes,* notre galion ! s'exclama Traqueline. Donc le quartier général du DINO peut encore NAVIGUER ?

– Je l'ignorais, moi aussi, répondit Karina. Mais ce que je savais, c'est que Genny ne nous abandonnerait pas !

De fait, souriante à la barre, la PROFESSEURE nous saluait de la patte.

– Regardez, elle met à l'eau une chaloupe, annonça Ben.

– Laissez, j'y vais ! dit aussitôt Lennox.

En moins d'une seconde, notre ami sortit du *Dinotilus* et **plongea** bravement dans les vagues. Au bout de quelques brassées, il grimpa à bord du canot, puis, manœuvrant ses rames, revint au sous-marin.

– MONTEZ TOUS, VITE ! s'écria-t-il.

Volontiers, mais il restait un petit problème… Comment allions-nous convaincre maman ptérosaure de quitter ses œufs pour embarquer sur la chaloupe ?

Karina eut une idée.

– Traquenard et moi allons créer une **diversion**, dont Geronimo et les enfants profiteront pour déposer les œufs sur la chaloupe. Miss Froufrou n'aura d'autre choix que de les suivre !

– Bien dit, *capitaine* ! acquiesça Lennox.

Traquenard tendit l'un de ses snacks au fromage à la future maman.

– Allez, ma toute belle ! Viens voir tonton Traquenard…

La femelle ptérosaure ne sembla pas apprécier son offre : d'un coup de bec et avec un strident

HIIIIKKK !

elle la repoussa.
– *Pfff…* soupira mon cousin. Si tu n'aimes pas les crackers au cheddar, j'en ai aussi au romarin…
– Pour attirer son attention, je crois qu'il va nous falloir mieux qu'un en-cas pour rongeur… commenta Karina.
Exhibant un petit MIROIR, mon amie le bougea de manière à produire des jeux de lumière. Intriguée par ces REFLETS, Miss Froufrou leva la tête.
– Ça y est, tonton ! me chuchota Benjamin. On peut s'occuper des œufs !
Traqueline et lui en prirent un chacun et s'engouffrèrent prestement dans le sas menant au-dehors. Je me penchai pour soulever le

dernier, quand MISS FROUFROU se tourna vers moi et… me décocha un regard à faire dresser les moustaches.

– *O-oh…* soufflai-je avant de gravir l'échelle à toute vitesse, la grosse femelle reptile aux trousses.

– SAUVE-TOI, GER ! me cria Traquenard.

L'œuf dans les pattes, je sautai à bord du canot… accompagné d'un méchant coup de bec dans le poporatin ! *Humpf !*

– Parfait ! commenta Lennox, qui, pour protéger les œufs, venait d'étendre une couverture dans le fond de l'embarcation.

En me voyant y déposer le mien, Miss Froufrou s'apaisa enfin. Et mon cousin et Karina sautèrent à bord, juste à temps…

Tandis que nous nous éloignions à coups de rame, la LAVE se mit à couler du sommet du volcan jusqu'à la mer.

Scouiiit, très impressionnant !

– Nous l'avons ÉCHAPPÉ BELLE, et les œufs aussi ! conclut Traquenard. Cap sur le galion : j'ai hâte de déguster le goûter que Genny n'aura pas manqué de nous préparer !

VOGUE LE GALION !

En un clin d'œil, notre chaloupe rejoignit le galion. C'était la première fois que nous le voyions en pleine mer et non au repos dans sa baie de l'île Météore.

Il était énorme, imposant, majestueux… comme tout bon VAISSEAU pirate !

– *Par les soixante-dix corsaires des sept mers*, enfin vous voilà ! s'écria Genny, qui nous lança une échelle de corde.

L'un après l'autre, nous grimpâmes le long du bidule oscillant.

Juste avant, Lennox avait attaché des CORDES au canot.

Quand toute l'équipe fut sur le galion, il claironna :

– Agents spéciaux, préparons-nous à remonter illico presto Miss Froufrou et ses œufs sur le pont !

Nous tirâmes sur les cordes et la CHALOUPE se souleva en tanguant.
– *Pfff,* ce que c'est dur… chicotai-je.
– Cousin*opasdrôle,* tu n'avais qu'à proposer de porter maman reptile sur tes épaules ! rétorqua Traquenard. Cette coquille de noix pèse un âne mort…
– Comment oses-tu, matelot mou du bulbe ? s'indigna Genny. C'est la chaloupe de mon arrière-arrière-arrière-arrière-grand-père !
– Ju-justement ! Je di-disais que, malgré tout, elle est restée drôlement SOLIDE et RÉSISTANTE… prétendit Traquenard.
La professeure était déjà passée à l'examen des œufs, sous l'œil vigilant de Miss Froufrou.
– Ils n'ont pas souffert ? s'inquiétèrent les souriceaux.
– On dirait que non, moussaillons ! répondit Genny avec un mouvement de la tête. Mais nous n'en serons sûrs qu'au moment de l'ÉCLOSION. D'ici là, regagnons le large avant que le volcan ne nous déquille !

– Nous ne t'avons pas encore *remerciée*, Genny ! souligna Karina. Sans toi, nous serions encore en train de dériver…

La professeure caressa le grand mât et déclara :

– Je ne savais pas si ce vieux galion tiendrait bon. Cela faisait un bon petit paquet d'années qu'il ne quittait plus le rivage. Puis je me suis dit : *Par la barbe de mon arrière-grand-père corsaire*, je dois voguer au **secours** de mes amis !

Les yeux débordants d'affection, elle ajouta :

– J'ai mis mon bandana spécial navigation et j'ai pris le large !

– Tu as été vraiment… commençai-je.

Mais…

CRIIIC CRAAAC

CROOOC !

D'étranges craquements se firent entendre. De quoi pouvait-il s'agir ?

– Les œufs ! s'écrièrent Ben et Traqueline.

– *Nom d'un raton*, ajoutai-je.

ILS S'OUVRENT !

UNE ÉMOTION SANS ÉGALE !

Tout émue, Karina cria :

– Vite, les CAMÉRAS ! Le moment tant attendu est arrivé !

Traquenard, Lennox et moi courûmes les chercher sur la passerelle.

– *Par toutes les sirènes des abysses,* dépêchez-vous ! nous pressa Genny.

Je saisis une GROSSE, que dis-je, ÉNORME, voire GIGANTESQUE caméra ! Je la hissai sur mon épaule (*quel poids !*), remontai sur le pont (*quel stress !*), m'élançai vers les œufs (*quel effort !*)… et trébuchai sur une corde ! En même temps que je DÉRAPAIS puis glissais sur le ventre, droit vers ma cible, je lâchai l'appareil et hurlai :

– OUAAAAAH !

– Les œuuufs ! cria Karina.
Ratédiction, voyant que j'allais les dégommer comme trois quilles, je fermai les yeux et…

PAF !

– Touché !
Dans le plus pur style « rugbyman », mon cousin venait de me plaquer au sol, à quelques centimètres des œufs.
Argh, il pesait aussi lourd qu'un titanosaure, mais la progéniture de Miss Froufrou était intacte… Et la caméra de Traquenard était allumée.
CRIIIC CRAAAC CROOOC !
L'une après l'autre, les trois coquilles tombèrent en morceaux et trois petits ptéranodons apparurent.
Miss Froufrou poussa un cri maternel :
– *HHHIIIKKK !*

– *HIIK HIIK HIIK !* piaillèrent en retour ses **BÉBÉS**.

Chers amis rongeurs, cette scène était l'une des plus attendrissantes que j'avais jamais vues !

Ou entrevues… vu que j'étais resté aplati comme une crêpe sourisienne sur les planches du bateau…

– Hardi, petite faisselle ! Ce n'est pas le moment de bronzer ! s'exclama Lennox.

– *Quel spectacle !* s'extasia Karina. Merci, agents spéciaux ! Nous y sommes arrivés !

Par mille munsters jurassiques, ainsi se terminait cette histoire… À moins que…

– Matelots, l'aventure n'est pas finie ! annonça justement Genny. Nous devons installer ces bambins et leur maman dans un *coin tranquille* de l'île Météore. Après seulement, nous rentrerons à la base !

La professeure avait raison : nous devions faire en sorte que Miss Froufrou et ses petits

Hhhhhiiiik!
Argh!

poursuivent leur vie dans un **ENVIRONNEMENT** calme.

Nous nous penchâmes ensemble sur les **cartes** de l'île à la recherche d'un lieu où maman ptérosaure pourrait reconstruire son nid sans le moindre souci.

– La crête Acérée me semble tout indiquée, conclut Karina. Ce n'est pas une zone de chasse des grands prédateurs et les recoins ne manquent pas pour y loger un nid ! Et comme Miss Froufrou semble apprécier les hauteurs…

Tout le monde approuva.

– Eh bien, *par tous les vaisseaux fantômes*, cap sur la **CRÊTE ACÉRÉE** ! lança Genny en se remettant à la barre.

En moins de temps qu'il n'en faut pour battre des moustaches, nous longeâmes les côtes de Météore pour gagner notre destination.

– À bâbord toute ! lança mon cousin, qui scrutait l'horizon.

Nous y soooooommes !

Au même instant, Traqueline me confia :
– Tonton Ger… Miss Froufrou et ses petits vont beaucoup me manquer !
– À moi aussi ! Mais notre rôle est d'**AIDER** les dinosaures à vivre en toute sérénité au cœur de la nature.
– Bien dit, roi des chocottes, commenta Lennox. *Snif !*
Dequoidequoidequoi ?! Même Lennox avait les yeux humides ?
Je regardai autour de moi et m'aperçus que tous les agents du DINO étaient **émus**.
Nom d'un gorgonzola, la professeure Genny elle-même dut s'éclaircir la voix avant de nous ordonner :
– *Par toutes les mamans pirates…* jetez ici l'ancre, matelots !
Le galion fut amarré près d'une arête **ROCHEUSE** très escarpée.
Miss Froufrou comprit sur-le-champ : délicatement, elle prit dans son bec son premier **bébé**, déploya ses ailes et vola jusqu'au relief.

Puis elle y transporta le deuxième et le troisième. Enfin, de là-haut, elle nous fixa et, comme pour nous saluer, cria :

– GNIIIKKK !

– **Au revoir, Miss Froufrou !** couinâmes-nous en retour.

Car pour nous aussi, l'heure était venue de rentrer. Avant d'être appelés à vivre de nouvelles aventures sur notre chère Météore, l'île légendaire des derniers dinosaures !

TABLE DES MATIÈRES

DANS LA MÊME COLLECTION

Sur les traces du T.Rex

Tricératops à l'attaque !

Fuyons le vélociraptor !

Le titanosaure glouton

DU MÊME AUTEUR

1 Le Sourire de Mona Sourisa
2 Le Galion des chats pirates
3 Un sorbet aux mouches pour monsieur le Comte
4 Le Mystérieux Manuscrit de Nostraratus
5 Un grand cappuccino pour Geronimo
6 Le Fantôme du métro
7 Mon nom est Stilton, Geronimo Stilton
8 Le Mystère de l'œil d'émeraude
9 Quatre Souris dans la Jungle-Noire
10 Bienvenue à Castel Radin
11 Bas les pattes, tête de reblochon !
13 Gare au yeti !
14 Le Mystère de la pyramide de fromage
15 Par mille mimolettes, j'ai gagné au Ratoloto !
18 Un week-end d'enfer pour Geronimo

20 Drôles de vacances pour Geronimo !
21 Un camping-car jaune fromage
22 Le Château de Moustimiaou
25 Le Temple du Rubis de feu
26 Le Championnat du monde de blagues
28 Champion de foot !
29 Le Mystérieux Voleur de fromage
30 Comment devenir une super souris en quatre jours et demi
33 Ouille, ouille, ouille… quelle trouille !
34 Le karaté, c'est pas pour les ratés !
35 L'Île au trésor fantôme
38 La Vallée des squelettes géants
39 Opération sauvetage
42 Mot de passe : Tiramisu
44 Le Secret de la momie
45 Qui a volé le diamant géant ?
49 Panique au Grand Hôtel
51 Neige en juillet, moustaches gelées !
52 Camping aux chutes du Niagara
53 Agent secret Zéro Zéro K
54 Le Secret du lac disparu
55 Kidnapping chez les Ténébrax !
56 Gare au calamar !
57 Le vélo, c'est pas pour les ramollos !
58 Expédition dans les collines Noires
60 La Nouvelle Star de Sourisia
61 Une pêche extraordinaire !
62 Jeu de piste à Venise
63 Piège au Parc des mystères
64 Scoops en série à Sourisia
65 Le Secret du karaté
66 Le Monstre du lac Lac
67 S.O.S. Souris en orbite !
68 Dépêche-toi, Cancoyote !
69 Geronimo, l'as du volant
70 Bons Baisers du Brésil
72 Sur la piste du Livre d'or
73 Alerte aux pustules bleues !
74 Faucon Rouge et poule mouillée
75 Adieu, maison chérie !
76 Opération panettone
77 Le Gang du chat géant
78 Le Mystère du rubis d'Orient
79 Finale de foot à Sourisia
80 Frousse dans la brousse !
81 Une souris à la mer !
82 Le Voleur de chocolat
83 La Nuit magique de Noël
84 Le Secret des patins d'argent
85 Joyeux anniversaire catastrophe !
86 Le Mystère du Papyrus noir
87 Le Gladiateur fantôme
88 Noël au pic du Putois
89 Le Mystère des sept matriochkas
90 Cambriolage à Madrid
91 Le Secret de Léonard de Vinci
92 Le Concours des super chefs
93 À la poursuite de l'Œil du Dragon
94 Le Trésor des Mayas
95 Mystère et Redingote

ET BIEN D'AUTRES TITRES ENCORE…

CHERS AMIS RONGEURS,
NOUS NOUS RETROUVERONS BIENTÔT
POUR UNE PROCHAINE
AVENTURE DINOSAURESQUE,
PAROLE DE STILTON, DE...

Geronimo Stilton

reinhardt

Reinhardts Gerontologische Reihe
Band 61

Christine Bietz • Jutta Wilkens-Sannemann

Kaufmann, Küche, Kaffeeklatsch

Kurzgeschichten und Fragen zu den 25 Bildkarten für Menschen mit Demenz

Mit einem Vorwort von Eva Küpers

Ernst Reinhardt Verlag München

Christine Bietz, Oelerse bei Peine, Grafik-Designerin und Illustratorin, Ausbildung zur Validation®-Anwenderin, ist nebenberuflich in der Betreuung von Menschen mit Demenz tätig.

Jutta Wilkens-Sannemann, Celle, Soziale Betreuerin mit Spezialisierung zur Validation®-Anwenderin, begleitet Menschen mit Demenz.

Zu diesem Buch gehören 25 farbige Bildkarten DIN A5.

Bibliografische Information der Deutschen Nationalbibliothek

Die Deutsche Nationalbibliothek verzeichnet diese Publikation in der Deutschen Nationalbibliografie; detaillierte bibliografische Daten sind im Internet über <http://dnb.d-nb.de> abrufbar.
ISBN 978-3-497-03108-5 (Print)
ISSN 0939-558X

Printed in EU
Covermotive: Christine Bietz
Satz: JÖRG KALIES – Satz, Layout, Grafik & Druck, Unterumbach

Ernst Reinhardt Verlag, Kemnatenstr. 46, D-80639 München
Net: www.reinhardt-verlag.de E-Mail: info@reinhardt-verlag.de

Inhalt

Vorwort von Eva Küpers

Wie wichtig soziale Kontakte – gerade im Alter – sind, ist mittlerweile hinreichend bekannt. Der Austausch hält uns lebendig, wir sind gefragt und können uns mitteilen. So wird unsere körperliche und psychische Gesunderhaltung gefördert.

Ein sozialer Kontakt beinhaltet also eine Beziehung zwischen zwei oder mehreren Personen mit einem aufeinander bezogenen Austausch von Gedanken, Gefühlen, Handlungen und Energie. Im Alter, mit der Diagnose Demenz, wird dieses Netzwerk von Beziehungen und damit auch von Kommunikation sowie Bestätigung immer dünner. Deshalb stellt die Beziehungsgestaltung von Menschen mit Demenz in der Pflege und im Umgang mit ihnen eine wichtige Komponente dar. Betroffen sind Angehörige, Ehrenamtliche, Betreuungskräfte, Pflege-Fachkräfte, die psychosoziale Betreuung sowie alle anderen, die mit Menschen mit Demenz zu tun haben. Was können sie wie tun?

Der dementiell veränderte Mensch möchte in seiner Eigenart ernst genommen und respektiert werden sowie sich „dazugehörig" fühlen. Geschieht das nicht, kapselt er sich ab, wird wütend oder traurig, da er sich fremdbestimmt und unsicher empfindet. Dieses Verhalten wird häufig nicht verstanden. Es entsteht kein Beziehungsaustausch – der Mensch zieht sich immer weiter in sich zurück.

Hier hilft Validation nach Naomi Feil als ganzheitliche Kommunikations- und Pflegebetreuungsmethode mit achtsamkeitbasierter Pflege und personenzentrierter Kommunikation. Wenn wir begreifen, dass jedes Verhalten einen Grund hat, haben wir andere Möglichkeiten zu handeln.

Diese Idee nutzt das vorliegende praxiserprobte Konzept. Die Bildkarten und kurzen Geschichten geben mit Hilfe der vorgeschlagenen Fragen Anregungen zum Austausch, zu Interaktion, Erinnerung, Emotionen, kurzzeitiger Konzentration, Aufmerksamkeit und nicht zuletzt auch zur Wertschätzung des Lebens und der Erfahrungen des alten Menschen mit Demenz. Die Bildkarten und Geschichten sind bewusst aus einer zurückliegenden Zeit gewählt, die Texte extra kurz gehalten. So fühlt sich der/die Betreute nicht überfordert. Gleichzeitig hat der/die Betreuende die Möglichkeit, jederzeit einen Schnitt zu machen, um eine Frage zu stellen und zum Antworten zu motivieren. Dabei ist eine empathische und nicht wertende Arbeitshaltung wichtig! Das Material kann von jedem verwendet werden.

Bilder und Texte sind aber auch nur zum Ansehen und Lesen geeignet, also vielseitig einsetzbar.

Die Geschichten sind verblüffend einfach geschrieben. Die Sätze sind kurz, um sofort verständlich zu sein. Es gibt kaum Nebensätze und man findet keine Eigenschaftsworte oder Namen, damit die Betreuten eigene Vorstellungen entwickeln und eigene Gedanken ausdrücken können. Jeder kann sich in den vier beschriebenen Generationen wiederfinden.

Die Fragen zu den unterschiedlichsten Themenvorschlägen, die sich an der Methode der Validation nach Naomi Feil orientieren, helfen, ins Gespräch zu kommen, und bieten den Teilnehmenden Anreize, Persönliches wie z.B. Gefühle, Bedürfnisse, Sichtweisen oder auch Erlebnisse auszudrücken. Damit wird ein Prinzip der Validation erfüllt: Zuhören mit Empathie baut Vertrauen auf, reduziert Angst und gibt die Würde zurück.

Reminiszenz, W-Fragen (KEIN warum!), Polarität (nach den Extremen fragen), das Gegenteil vorstellen, Schlüsselwörter wiederholen sind die Fragestellungen. Dazu gehört allerdings auch die Fähigkeit der Betreuenden, sich auf ihr Gegenüber einzustellen, Augenkontakt zu halten und sich beim eventuellen Berühren der Betreuten in die persönliche Distanzzone hineinzubewegen. Nur so kann er/sie wertfrei agieren.

Das Konzept offeriert mit seiner Vielfältigkeit also Kommunikationswege, die den verwirrten Menschen in seine Erinnerungswelt begleiten. So kann er seine Gefühle und Bedürfnisse mit jemandem teilen und fühlt sich wahrgenommen.

Celle, Dezember 2021 Eva Küpers, Validation®-Lehrerin/VTI

Einleitung

Auf die Frage, welche Tätigkeit unser Gehirn am besten trainiert, antwortete Prof. Dr. Dr. Manfred Spitzer, Psychiater, Psychologe und Neurowissenschaftler: „Sozialer Austausch!" in einem Feature auf NDR Kultur.

Die Fähigkeit von Personen mit Demenz, sich auf eine vorgelesene Geschichte zu konzentrieren und ihr zu folgen, ist sehr begrenzt. Selbst „Fünf-Minuten-Geschichten" können in Gänze nicht mehr erfasst werden.

Wir haben die Erfahrung gemacht, dass alte Menschen nicht einfach etwas vorgelesen bekommen wollen, sie wollen *erzählen*. Und etwas *erzählt bekommen*, um sich gefragt und zugehörig zu fühlen. Sie wollen den lebhaften Austausch. Sie wollen Dinge aussprechen!

In unserem Konzept bilden die Geschichten nur einen Rahmen, der unterbrochen wird, um mit den Betroffenen in Kommunikation zu treten. Die Unterbrechungen geschehen mittels kursiv hervorgehobener Stichwörter, zu welchen es jeweils eine Bildkarte gibt. Zu jeder Bildkarte findet man einen Fragenkatalog mit möglichen Antworten, um ein eventuell stockendes Gespräch wieder in Gang zu bringen. Nicht alle Begriffe aus vergangener Zeit sind jüngeren Menschen noch geläufig, auch da wirken die Antworten unterstützend. Zusätzlich gibt es für jedes Bildmotiv eine Liste mit Stichwörtern, um weitere Gespräche anzuregen. Das gesamte Material wurde umfassend und mit großem Erfolg in der Praxis erprobt.

Material

Die Geschichten: Es gibt eine längere („Schlagsahne zum Pflaumenkuchen“) und vierundzwanzig kurze Geschichten, die sich alle um das Thema Einkauf, Kochen und Familie drehen. Die Geschichten spielen in der Nachkriegszeit, einer Ära, die für viele alte Menschen mit Demenz eine prägende Zeit in ihrem Leben darstellt und zu der sie gut einen Bezug herstellen können. Die Personen ändern sich nicht, in allen Geschichten handelt es sich um dieselbe Familie. Sich ändernde Namen haben Irritationspotential. Der Schwerpunkt der Geschichten liegt dabei auf Empathie und Emotionalität. Durch die warmherzige Sprache wird eine liebevolle familiäre Atmosphäre vermittelt. Es werden Alltagssituationen geschildert, die jeder schon einmal erlebt hat und die das Erinnern anregen.

Die Bildkarten: Die Bildkarten sind im Stil der 1950er Jahre illustriert, um sich optisch nahtlos in die Handlung der Geschichten einzufügen. Bei den abgebildeten Gegenständen handelt es sich selbstverständlich um Dinge aus der entsprechenden Zeit. Sollte ein Betroffener das Stichwort nicht mehr deuten können, so wird er oft das Bild noch erkennen.

Die Bildkarten sind liebevoll und emotional aufgeladen gestaltet, um auf alte Menschen besonders ansprechend zu wirken. Sie sind ohne Hintergrund und klar zu sehen. In der Praxis reagierten Menschen mit Demenz sehr stark auf die Karten, wollten sie anfassen, in die Hand nehmen und einfach berühren. Auf Fotos derselben Gegenstände reagieren Menschen mit Demenz erfahrungsgemäß nicht so stark oder gar nicht.

Die Fragen: Die Fragen stützen sich auf die Methode der Validation nach Naomi Feil. Deren Techniken ermöglichen, durch die Art der Fragestellung und Formulierung Menschen mit Demenz in Kommunikation zu bringen, indem man ihnen die Möglichkeit eröffnet, über sich selbst zu sprechen. Jede Frage ist Ausgangspunkt für ein Gespräch. In der Validation arbeiten wir mit verbalen und nonverbalen Techniken, die es uns durch bestimmte Körperhaltungen, Mimik, Gestik und natürlich eine spezielle Art der Kommunikation ermöglichen, uns in die Welt der dementiell veränderten Menschen zu begeben und Kontakt zu ihnen herzustellen.

Zu den verbalen Techniken gehört auch eine bestimmte Art der Fragestellung, die wir in Zusammenhang mit den Bildkarten nutzen. Diese Fragen sind nur *ein* Teil des Instrumentariums, mit denen ein ausgebildeter Validation®-Anwender arbeitet, aber sie ermöglichen es jedem, zumindest in Kontakt mit dementiell veränderten Menschen zu treten und eine Kommunikation aufzubauen. Die Arbeit des Validation®-Anwenders geht weit darüber hinaus und erfordert eine umfangreiche Ausbildung.

Im Gespräch mit dementiell veränderten Menschen ist es sehr wichtig, die *richtigen* Fragen zu stellen. Sie sind wie ein Schlüssel zur Welt der alten Menschen mit Demenz. Wir arbeiten, wenn möglich, mit *W-Fragen*, also wer, wie, wann, wo. Niemals fragen wir nach dem „Warum“. Diese Frage bringt die Betreuten in den meisten Fällen zum Verstummen. Eine Frage nach dem „Warum“ kann oft nicht mehr beantwortet werden und beendet das Gespräch, weil sich die Person gekränkt oder vorgeführt fühlt.

Wir fragen auch immer nach dem *Extrem* – was war das Schönste, was war das Schlimmste. Vielleicht schrecken Sie im ersten Moment davor zurück, diese Fragen zu stellen. Aber bedenken Sie bitte, dass dementiell veränderte Menschen in *ihrer* eigenen Welt leben. Sie sind immer ehrlich und sprechen direkt aus, was sie fühlen. Wir würden bei der an uns gerichteten Frage nach dem

Schlimmsten gleich überlegen, ob wir das wirklich erzählen wollen und was das Gegenüber wohl von uns denkt. Dieses Problem stellt sich dem Betreuten nicht. Für ihn ist die Frage nach dem Extrem wie das Öffnen einer Tür und eine Einladung, das zu sagen, was ihn vielleicht schon lange bedrückt und was er bisher nicht sagen konnte, da ihn ja nie jemand danach gefragt hat. Aus diesem Grunde sind die letzten Fragen zu den einzelnen Bildkarten immer identisch – sie sind sehr wichtig, um den Betreuten die Möglichkeit zu geben, auszusprechen, was sie im Innersten bedrückt.

Die Stichwörter: Ergänzend zu den Fragen haben wir noch jeweils eine Sammlung mit Stichwörtern angefügt, die sich aus der Arbeit mit den Bildkarten ergaben und größtenteils von den Betroffenen selbst geäußert wurden. Da es sich um einen begrenzten Personenkreis handelt, haben wir die Stichwörter durch eigene ergänzt. Die Stichwörter sind ein zusätzliches Instrument, um Menschen mit Demenz zu einem Gespräch anzuregen, und sie erweitern das Instrumentarium um eine weitere Option.

Anwendung

Sie haben die Wahl zwischen einer längeren und vierundzwanzig kurzen Geschichten, wobei gerade die längere Geschichte nur einen Handlungsrahmen bildet. In der langen Geschichte kommt die Mehrzahl der Begriffe der Bildkarten vor. Bei den kurzen Geschichten jeweils nur einige, die zur leichteren Handhabung neben dem Titel klein abgebildet sind, so dass man sie sich schnell zurechtlegen kann.

Begriffe, welche durch Bildkarten dargestellt werden, sind kursiv gedruckt. Kommen Sie beim Vorlesen zu solch einer Stelle, nehmen Sie die Bildkarten zu Hilfe und zeigen Sie sie den Zuhörenden. Jetzt können Sie mit den Fragen fortfahren. Die Begriffe nach den Fragesätzen sowie die Stichwörter helfen, wenn die Kommunikation ins Stocken gerät.

Da jeder Mensch in der Demenz individuell reagiert, möchten wir hier einige Anwendungsbeispiele aufzeigen. Probieren Sie aus. Jeder Mensch ist anders, auch in der Demenz. Man erlebt immer wieder Überraschungen.

Arbeiten mit Geschichten, Bildkarten und Fragen, ggf. Stichwörtern: Die Arbeit mit einer Geschichte zu Beginn eignet sich für Menschen, die sich am Anfang einer Demenz befinden. Dies ist die umfangreichste Methode, die natürlich auch am zeitintensivsten ist. Die Stichwörter stellen ein zusätzliches Hilfsmittel dar, das nicht zwingend eingesetzt werden muss.

Arbeiten mit Bildkarten und Fragen: Es ist auch möglich, nur mit den Bildkarten und den Fragen zu arbeiten, wenn die Teilnehmenden nicht mehr in der Lage sein sollten, einer Geschichte zu folgen, oder es auch nicht wollen.

Arbeiten mit Bildkarten und Stichwörtern: Auch das ist möglich, da viele Menschen mit Demenz schon allein auf die Bildkarten stark reagieren und sich selbst verbal dazu äußern.

Kurzgeschichten

Schlagsahne zum Pflaumenkuchen

Bildkarten: Aktentasche, Kleidchen, Butterfass, Fahrrad, Käse, Milchkanne, Krug, Schälchen, Schöpfkelle, Weidenkorb, Glocke, Schneebesen

„Hallo, meine Kleine! Ich bin von der Oma wieder zurück und habe etwas mitgebracht!“ Papa springt vom *Fahrrad* und lehnt es an die Hauswand. Er nimmt die kleine Rita unter die Arme, hebt sie hoch und gibt ihr einen kräftigen Kuss auf die Wange.

„Oma lässt dich auch schön grüßen. Das nächste Mal soll ich dich mitbringen, damit du ihr beim Aufsammeln der Pflaumen helfen kannst.“ Er stellt seine kleine Tochter wieder auf die Füße und sie streicht sich die Rockfalten ihres *Kleidchens* glatt.

„Papi, Papi, was hast du denn da mitgebracht?“

„Das ist Pflaumenkuchen. Den hat die Oma gebacken. Er ist noch warm.“

„Mmh! Wie der duftet.“

„Ja, sie hat Butter und Zimt für die Streusel genommen.“ Der Vater nimmt den *Weidenkorb* vom Gepäckträger und löst sich die Klemmen von seinen Hosenbeinen. An der Fahrradstange baumelt noch seine braune *Aktentasche*.

„Du, meine Kleine, ich habe gedacht, du läufst schnell zu Tante Hilli in den Milchladen und holst uns Schlagsahne. Lauf und beeil dich. Mami deckt oben den Tisch.“

Nur zu gern nimmt Rita den Auftrag an. Sie tanzt lachend den Fußweg entlang ein paar Häuser weiter. Erst kommt der Bäcker, dann der Tabakladen und ein paar Eingänge weiter der Milchladen. Auf der anderen Straßenseite ist der Schlachter. Aber zu dem darf sie noch nicht allein gehen und einkaufen. Die Autos fahren zu schnell und das Überqueren der Straße ist gefährlich.

Rita drückt die Klinke der schmalen Glastür neben dem Schaufenster und eine *Glocke* erklingt. „Tante Hilli, ich soll Schlagsahne bringen. Kannst du uns welche machen?"

Frau Hilliger hat seit kurzem eine große elektrische Maschine mit zwei Quirlen, mit denen sie schnell Schlagsahne bereiten kann. Mama hat zuhause zwar einen *Schneebesen*, aber das dauert immer so lange mit dem Steifwerden der Sahne. Und im Sommer gibt es plötzlich Butter statt Sahne, weil etwas zu warm gewesen ist.

„Warte ein wenig, Ritachen. Wie immer für euch drei?"

Rita nickt und schaut sich die Auslagen an: die zwei Laib *Käse* in der Vitrine, den Topf mit dem Quark, die Erbswurst über dem Tresen, die großen *Milchkannen* aus Zink und die beiden *Butterfässer* aus Holz.

Die alte Frau nimmt eine *Schöpfkelle* zur Hand, misst einen Viertelliter Sahne aus einem *Krug* ab und gießt sie in die Schüssel. Sie gibt noch einen Löffel Zucker hinzu und schon setzt sich der elektrische Quirl in Bewegung. Die steife Sahne füllt sie in ein kleines *Schälchen* um und deckt sie mit einem Blatt Pergamentpapier ab.

Fröhlich macht sich Rita auf den Heimweg und hält mit beiden Händen das kleine Gefäß vor sich in die Höhe. Da wird sie langsam und langsamer und dann kann sie es doch nicht lassen. Sie zieht das Papier hoch und leckt die Rückseite ab. Köstlich, dieser Geschmack! Noch einmal drückt sie das Papier auf die Sahne und leckt sie ab. Und noch einmal und noch einmal.

„Na, da hast du aber nicht viel bekommen!“, schmunzelt der Vater, als sein Töchterchen ihm wortlos und schuldbewusst die Schale reicht. „Ich glaube, du solltest noch einmal gehen und welche holen.“

Blitzschnell macht Rita kehrt und steht noch einmal vor Frau Hilliger, die gerade einen Lappen auswringt und die Arbeits- und Abstellflächen blank putzt.

„Tante Hilli, noch einmal das gleiche, hat der Papi gesagt.“

„Na, dann noch mal von vorn, Ritachen! Ihr habt wohl noch Besuch bekommen“, vermutet sie ins Blaue.

Rita nickt nur stumm und wartet.

Auf dem Rückweg kann sie es wieder nicht lassen. Sie nascht und nascht. Die Versuchung ist zu groß. Diese Sahne … einfach zu lecker.

„Rita, mein Schatz, Tante Mia und Onkel Heinrich kommen gleich zum Kaffee. Sie haben von Omas Pflaumenkuchen gehört.“ Die Mutter nimmt die Schale achtlos in Empfang und stellt sie auf dem Küchenschrank ab.

„Sei so lieb, lauf noch mal zu Frau Hilliger und hol noch mal Schlagsahne. Ich lege noch zwei Gedecke auf und mache dann auch Kakao für dich.“

Die Mutter macht einen erschöpften Eindruck. Sie trägt ein Kind unter dem Herzen, hat am Vormittag wie jeden Sonnabend den Fußweg gefegt und sich nun auf einen entspannten Nachmittag mit der kleinen Familie gefreut. Nun wird es wieder Diskussionen geben mit dem Schwager und womöglich Streit mit der Schwägerin. Aber um des guten Friedens willen …

Rita läuft ein drittes Mal zum Milchladen.

„Tante Hilli, noch einmal das Gleiche, sagt die Mami.“

„Rita, es ist jetzt zwei Uhr. Ich habe die Maschine gerade wieder sauber gemacht und alles abgewaschen. Jetzt ist Schluss! Bestell deinen Eltern ruhig, sie sollen mich bitte nicht ärgern, wenn ihr anschreiben lasst. Ich bin nicht mehr die Jüngste und habe jetzt meinen wohlverdienten Feierabend."

Sie gibt der kleinen Rita einen Kuss auf die Stirn, schiebt sie zur Tür hinaus und schließt den Laden.

Zuhause macht Rita der Mutter einen Vorschlag.
„Du, Mami, du machst doch Kakao für mich. Da will ich auch gar keinen Kuchen mehr mit Sahne. Ich geh lieber spielen, wenn der Onkel und die Tante kommen."

„Du willst dir nicht wieder ein Bauchweh einfangen, nehme ich an", sagt die Mutter und muss lächeln.
Beruhigend fügt sie hinzu: „Es wird genug für alle sein. Wir sind schon mit weniger ausgekommen, mein Schatz."
Rita legt ihre Hände und den Kopf an Mutters dicken Bauch und kann mit geschlossenen Augen all die Liebe spüren, die um sie ist.

Einmachen

Bildkarten: Küchentisch, Einmachglas, Pflaumen

Oma und Mama haben *Pflaumen* geerntet. Ein großer Korb steht auf dem Küchentisch. Die *Einmachgläser* sind gespült und die Gummiringe ausgekocht. Die Pflaumen sollen zu Kompott eingekocht werden.

„Was meinst du, Mama, wie viele Gläser werden es wohl?" „Fangen wir doch erst einmal an." Oma hat das Obst gewaschen, setzt sich an den *Küchentisch* und fängt mit dem Entsteinen an. Die Steine fliegen in die eine Schale und die Fruchthälften in eine andere.

Die Mutter setzt einen Topf Wasser auf. Sie will Zuckersirup kochen. Langsam löst sich der Zucker auf.

Sie füllt die Pflaumen in die Gläser und gießt diese mit dem heißen Sirup auf. Die Glasränder macht sie mit einem Lappen sauber. Sie legt einen Ring auf und befestigt den Deckel mit einer Klammer. Der hohe Einkochtopf steht bereits auf dem Herd. Mit etwas Anstrengung wird der Einsatz mit den Gläsern in den Kochtopf gestellt. Wasser wird angegossen und die Flamme angestellt.

„Und was ist mit den Nelken und dem Zimt?" Oma schaut vorwurfsvoll aus und Mama macht ein nachdenkliches Gesicht. Nun ist es zu spät. Diese erste Runde Kompott bekommt keine Zutaten mehr. In der nächsten Runde wird sie es besser machen.

Opa kommt herein. Er hält zwei bauchige Flaschen in den Händen. „Na, habt ihr auch an meine schönen Pflaumen gedacht? Ah, da liegt ja schon der Zimt. Und die Nelken. Die nehme ich mir gleich. Und auch den Zucker." Opa bedient sich und setzt den Likör an. Er hat sich in diesem Jahr für Weinbrand entschieden, mit dem er die Früchte haltbar macht. Er ist ganz bei der Sache.

Im nächsten Winter ist es dann leicht, ein Glas Kompott für den Nachtisch aufzuziehen. Und wenn Opa dann gute Laune hat, schenkt er auch von seinem selbstgemachten Pflaumenlikör ein.

Am Molkereiwagen

Bildkarten: Glocke, Weidenkorb, Milchkanne, Schöpfkelle, Käse

Mutter schaut auf die Uhr. Bald muss der Milchmann kommen. Er bringt die Erzeugnisse frisch von der Molkerei. Und da hört man ihn schon. Laut klingelt die *Glocke*. Sie ist außen am Wagen befestigt und schwingt noch. Der Wagen hält und der Fahrer steigt aus.

Mutter nimmt ihren *Weidenkorb* und läuft auf die Straße. Gerade öffnet der Milchmann den Lieferwagen. Er schlägt die Seitenklappe auf, geht dann in den Innenraum und bindet sich eine weiße Schürze um. Hinter der Glasscheibe stehen große und kleine Flaschen mit Milch und Sahne, daneben liegen rote und gelbe *Käselaibe*. Die schweren *Milchkannen* und die Töpfe mit Quark stehen am Boden.

Mutter lässt sich zwei Liter Milch in die mitgebrachte Milchkanne füllen. Dazu nimmt der Milchmann eine große *Schöpfkelle*. „Darf es sonst noch etwas sein?" „Butter. Ich brauche Butter."

Mutter kann zwischen gesalzener und ungesalzener Butter auswählen. Die Butter ist lose. Sie muss mit einem Messer vom Stück abgeschnitten werden. Der Milchmann wiegt sie auf der emaillierten Waage. Er wickelt sie in Wachspapier ein und formt sie dabei gleichzeitig zu einer Rolle.

Nun sucht Mutter noch Käse aus. Sie lässt sich ein paar Scheiben vom Edamer abschneiden. Der Milchmann hat alle Preise untereinander auf einen Block geschrieben. Nun zählt er zusammen. Mutter rechnet im Kopf nach und bezahlt dann auf Heller und Pfennig.

Sie dreht sich um. Eine Nachbarin kommt auf sie zu. Das ist eine Gelegenheit, die neuesten Nachrichten auszutauschen. Der Milchmann plaudert kurz mit ihnen. Dann schließt er den Wagen und fährt weiter bis zu seiner nächsten Station. „Milch ist gesund!" ist seitlich auf den Wagen geschrieben.

Kaffeeklatsch

Bildkarten: Sammeltasse, Kirschen, Schneebesen, Krug

Mutter hat am Nachmittag zum Kaffeekränzchen eingeladen. Aus dem Wäscheschrank sucht sie zuerst eine schön bestickte Decke aus und breitet sie über den Tisch. Die Falten streicht sie mit den Händen glatt. Aus der Vitrine nimmt sie das Kaffeegeschirr. Es sind dreiteilige Gedecke: Teller, Untertasse und Obertasse. Jedes hat eine andere Form und eine andere Bemalung. Viele Teile haben auch einen Goldrand. Es sind eben *Sammeltassen*. Für jede Freundin stellt Mutter ein bestimmtes Gedeck an deren Sitzplatz und legt eine kleine Stoffserviette an die Seite. Die Kuchengabeln und Löffel sind aus Silber.

Mutter hat einen Streuselkuchen mit *Kirschen* gebacken. In der Küche legt sie ihn auf eine große Tortenplatte und schneidet ihn in zwölf gleichgroße Stücke. Und dann macht sie Schlagsahne im elektrischen Mixer. Wie schnell das geht. Sie erinnert sich an die Mühe, die Oma sich machte, als sie nur einen *Schneebesen* hatte. Auf und ab ging es mit ihm, ehe die Sahne steif wurde. Und wenn sie etwas verkehrt gemacht hatte, dann gab es statt Schlagsahne Butter.

Mit einem kleinen Blumenstrauß aus dem Garten ist der Kaffeetisch perfekt. Mutters Freundinnen erkennen die Arbeit an und loben sie in allen Tönen. Schon bald erzählen sie sich alte Geschichten, klatschen über Bekannte und tauschen Kochrezepte aus.

Da kommt die kleine Rita vom Turnunterricht nach Haus. „Bekomm ich auch noch ein Stück Kuchen?“ Mutter tut ihr ein Stück auf und holt noch den *Krug* mit Milch aus der Küche. „Du bist aber groß geworden“, meint eine alte Dame mit Blick auf Rita. Die hat sich still aufs Sofa gesetzt, genießt den Kuchen und hört den Gesprächen der Frauen zu.

Oma erzählt vom Bauernhof

Bildkarten: Küchentisch, Milchkanne, Kirschen, Käse

„Oma, hast du früher auch die Kühe gemolken, oder machte das eine Maschine?“ Rita sitzt mit ihrer Großmutter am *Küchentisch* und macht Hausaufgaben. Sie soll eine Geschichte schreiben.

„Wie hast du das gemacht? Erkläre mir das bitte, und dann kann ich es aufschreiben.“

„Ach, das ist lange her. Als ich klein war, musste ich überall auf dem Hof helfen. Eier suchen, Hühner füttern, Anmachholz holen, Unkraut jäten, Blumen gießen, *Kirschen* pflücken … Arbeit gab es genug. Auch für junge Helfer. Und Melken lernte ich auch. Ich saß dabei auf einem Melkschemel und zog und drückte am Euter. Die Milch spritzte in einen Eimer.“

„Ja, und strip, strap, strull war der Eimer full, hast du dann immer gesagt.“ Rita unterbricht die Oma.

„Einmal hatte ich vergessen, den Kuhschwanz festzubinden“, fährt Oma fort. „Das muss man tun, damit er einem nicht ins Gesicht schlägt. Und da passierte es schon. Der Kuhschwanz schlug mir ins Gesicht, ich verlor das Gleichgewicht, fiel vom Schemel und landete im Mist. Der Eimer kippte um und die Milch ergoss sich in den Dreck. Ich war von oben bis unten dreckig. So etwas sollte mir nicht noch einmal passieren, dachte ich bei mir. Von da an habe ich aufgepasst.“

„Dass du immer aufpasst, das kenn‘ ich schon von dir, Oma!“ Rita muss lachen. „Aber wie ging das weiter mit der Milch?“

„Nun, sie wurde gefiltert, in große *Milchkannen* abgefüllt, kühl gestellt und dann an den Straßenrand gebracht. Der Wagen von der Molkerei kam täglich und holte die Kannen ab. In der Molkerei wurde die Milch erhitzt und in Flaschen abgefüllt. Sahne wurde abgeschöpft und Butter und Buttermilch gemacht. Für Quark und

Joghurt gab es genaue Rezepturen. Und nicht zuletzt wurde der *Käse* hergestellt. Aber das dauerte viel länger."

„Und was ist Vorzugsmilch?" Rita blättert in ihren Unterlagen. „Vorzugsmilch? Das ist die unbehandelte, die rohe Milch. Die hält sich nicht lange und man muss aufpassen, dass sie keine Krankheitserreger enthält. Früher sind viele Menschen an Tuberkulose gestorben, weil sie die Milch nicht abgekocht haben."

„Oma, nun weiß ich alles." Rita hat schon den Stift in der Hand. „Jetzt habe ich genug gehört, um meine Hausarbeit zu schreiben. Vielen Dank, meine liebe Oma! Hier, ein Küsschen für dich!" Rita umarmt noch die Oma und erledigt dann ihre Schulaufgabe.

Butter machen

Bildkarten: Butterfass, Krug

Oma wuchs auf einem Bauernhof auf. Schon als Kind musste sie lernen, die Kühe zu melken. Und sie hat auch mit dem *Butterfass* gearbeitet. Heute steht das Butterfass bei ihrer Tochter nur zur Dekoration im Flur oder dient als Schirmständer. Manchmal, wenn es große Blumen gibt wie Gladiolen oder Sonnenblumen oder auch Tannengrün, wird es zu einer Bodenvase umfunktioniert.

Zum Buttermachen wurde frische Milch in das Butterfass geschüttet und dann mit dem Stampfer bearbeitet. Auf und ab ging es mit dem Stiel, auf und ab. Am Anfang war es leicht, mit der Zeit wurde es immer schwerer. Dann hatte sich das Fett von der Milch geschieden. Die Butterflöckchen wurden abgeschöpft und zu großen Ballen geformt. Kleinere Portionen wurden mit den Händen in Model gedrückt, umgestülpt und in Pergament verpackt. So konnte man sie gut verkaufen und es kam Geld in die Haushaltskasse. Die Buttermilch wurde in einen *Krug* umgefüllt. Sie schmeckte gut gekühlt zum Abendbrot.

Mutter erzählte, dass die Oma beim Butter machen auf einem Hocker saß und das Butterfass mit den Beinen festhielt. Jetzt konnte man die Oma immer viel fragen. Sie konnte nicht weglaufen, hatte Zeit und dachte sich schöne Antworten aus. Manchmal begann sie auch ein Märchen: „Es war einmal … ein kleines Mädchen, das …“ Und währenddessen stampfte sie weiter die Butter, bis sie fest wurde, und dann war das Märchen aus.

Opa und die Leiter

Bildkarten: Kleidchen, Hacke, Gurken, Weidenkorb, Leiter

Die kleine Rita hüpft übermütig im Garten herum. Sie hat ein *Kleidchen* an und hält ihre Puppe vor sich. „Immer schön aufpassen, damit du dich nicht schmutzig machst“, sagt sie zur Puppe und dreht sich im Kreis. Fröhlich springt sie über Stock und Stein.

Oma steht in der Nähe am Gemüsebeet. Sie hat mit der *Hacke* die Erde gelockert und ein paar *Gurken* geerntet und in den *Weidenkorb* gelegt. Nun ruht sie sich einen Moment aus und beobachtet ihre Enkelin, wie sie so fröhlich und unbeschwert herumtollt. Rita legt ihre Puppe auf die Hausbank, dreht sich um und läuft zum Apfelbaum. In Windeseile ist sie die *Leiter* hochgeklettert und schaut von oben herab.

„Komm sofort wieder herunter!“, schreit Oma. „Das darfst du nicht. Das ist viel zu gefährlich. Wenn du hinunterfällst, brichst du dir alle deine Knochen!“ Oma ist ganz aufgeregt. „Was würden deine Eltern sagen, wenn ich nicht aufpasse.“ Langsam steigt Rita wieder von der Leiter ab. Sie ist ganz erschrocken über Omas Angst.

„Oma, bist du denn nie auf einen Baum geklettert?", fragt sie kleinlaut. „Nein, meine Kleine, das wurde den Mädchen immer verboten." Oma breitet schützend ihre Arme um Rita aus. „Mädchen durften nicht einfach machen, wozu sie Lust hatten."

Opa kommt und Rita fragt auch ihn: „Opa, bist du auch nicht auf Bäume geklettert?" „Oh, doch natürlich bin ich das. Sie konnten nicht hoch genug für mich sein. Aber nicht nur auf Bäume bin ich geklettert!" Opa muss lächeln. Er schaut die Oma an und dann auf das Fenster unter dem Dach. „Frag mal die Oma, wie hoch ich einst die Leiter klettern konnte. Und wie sie geguckt hat damals im Nachthemd. Eine richtige Kratzbürste kann sie sein. Die Oma weiß heute immer noch, was man darf und was nicht. Oma hat sich überhaupt nicht verändert."

Kirschernte

Bildkarten: Kirschen, Weidenkorb, Leiter

Es ist Sommer. Zeit zum Ernten. Im Garten der Großeltern stehen mehrere Kirschbäume. Die Sauer*kirschen* sind zuerst reif. Die Süßkirschen brauchen noch einige Zeit. Aber die vielen Vögel, die Amseln und Stare fallen schon auf sie ein und bedienen sich. Und das ärgert die Oma. Heute hat sie die ganze Familie zum Ernten gerufen. Es stehen schon *Weidenkörbe*, Eimer, *Leiter* und eine Stange bereit.

Rita hockt am Boden und sammelt die herabgefallenen guten Kirschen ein. Sie weiß schon, dass in mancher ein Wurm stecken kann. Nicht nur die Menschen wissen, was gut schmeckt. Oma pflückt von den niedrig hängenden Zweigen die Kirschen ab. Und Mama hält eine lange Stange in den Händen und klopft damit an die dicken Äste. Dann fallen die ganz reifen Früchte herunter. Und die sind die besten für die Marmelade.

Auch Papa ist heute dabei. Er freut sich, mitmachen zu können. Er hat immer viel zu tun auf der Arbeit und überlässt eigentlich die Gartenarbeit den Frauen. Heute kann er ihnen beweisen, dass er nicht faul ist und sich drückt. So nimmt er die Leiter von der Hauswand und legt sie an den alten Baum an. Sie reicht bis in die Krone. Er klettert die Sprossen immer höher, zupft die Kirschen ab und sammelt sie in einem Eimer. Papa stellt sich sehr geschickt an. Der Eimer ist bald voll und er kann wieder hinabsteigen.

„Aber da hinten, da hängen noch ein paar ganz dicke. Die will ich noch haben, bevor ich die Leiter umstellen muss", denkt er bei sich. Und da passiert es schon! Er greift ins Leere, fängt sich wieder und fällt auch nicht hinunter, aber der Eimer kippt und alle Kirschen plumpsen auf die Erde.

„Junge, kannst du nicht aufpassen!" „Papa, kannst du nicht aufpassen?" Von allen Seiten kommen die Vorwürfe. Doch alle sind froh, dass nichts Schlimmeres passiert ist.

Gartenarbeit

Bildkarten: Spaten, Wurzelbürste, Krug, Hacke, Zwiebeln

Opa sitzt auf der Hausbank und schaut in den Garten. Er ist müde und zufrieden. Er hat im Garten gearbeitet. Seine Aufgabe ist es, die Gemüsebeete umzugraben und für die Saat vorzubereiten. Früher hat er auch den Kompost eingearbeitet, aber diese schwere Arbeit macht er nicht mehr. Da muss der Papa ran. Opa nimmt den *Spaten* zur Hand und macht ihn mit der *Wurzelbürste* sauber. Er lässt sich Zeit dabei. Es muss ja nicht immer alles schnell gehen.

Oma kommt aus dem Haus. Sie hat eine Schürze um und hält einen *Krug* in der Hand. „Ich habe dir etwas zum Trinken mitgebracht. Möchtest du ein Glas Apfelsaft?" Opa nickt. Oma schenkt ein und setzt sich zu ihm auf die Bank. Die Sonne wärmt ihre Gesichter. Beide schweigen. Es geht ihnen gut. Und bald nimmt Oma Opas Hand in ihre Hand. Sie halten sich fest.

Am Nachmittag kommt Rita zu Besuch. Sie darf Oma helfen, die Gemüsezwiebeln in die Erde zu bringen. Oma harkt auf dem Gemüsebeet die Erde glatt und zieht dann lange Rillen mit der *Hacke*. Mit dem Stielende drückt sie in gleichem Abstand Löcher in die Erde. Nun kann Rita dort die Zwiebeln hineinsetzen und andrücken. Rita geht dabei in die Hocke und schaut auf.

„Oma, mache ich das so richtig mit den *Zwiebeln*?“ „Ja, genau so muss es sein. Den Zipfel nach oben und die Wurzeln nach unten.“ „Gut, dass wir jetzt nicht bei den Zwiebeln weinen müssen“, meint Rita und konzentriert sich weiter auf ihre Arbeit.

Und Oma denkt bei sich: „Ja, jetzt müssen wir nicht weinen. Das kommt noch früh genug.“ Sie wischt sich eine Haarsträhne aus dem Gesicht und sagt:

„Weißt du, Rita, zum Abendbrot machen wir Bratkartoffeln. Und wenn wir die Zwiebeln schneiden, dann weinen wir beide um die Wette.“ „Nee, Oma, ich gehe zum Opa und dann setz ich seine alte Motorradbrille auf.“

Mama und Papa machen einen Ausflug

Bildkarten: Fahrrad, Weidenkorb, Speck, Käse, Äpfel, Gurken, Aktentasche

Es ist Abend. Mama und Papa sitzen im Wohnzimmer in ihren Sesseln. Feierabend. Endlich Feierabend! Rita schläft in ihrem Bettchen im Schlafzimmer der Eltern und träumt süß. Mama hatte ihr vorgelesen. Nun ist Ruhe eingekehrt. Papa hat eine Flasche Wein aus dem Keller geholt und schenkt in die Gläser mit dem grünen Stiel ein. „Prost! Auf unsere kleine glückliche Familie!“ Die Gläser klingen wie kleine Glocken. Er steht noch einmal auf und schaltet das Radio ein. Es leuchtet hinter der Glasscheibe mit einem grellen Blau auf. Papa sucht einen Sender und nach einer Weile hat er flotte Musik gefunden.

„Wann haben wir beide eigentlich zuletzt einmal Zeit für uns gehabt?“, fragt er. „Wir beide sollten mal etwas unternehmen. Vielleicht mal wieder ausgehen. Was meinst du, Schatz?“ „Ja, Liebling, ich weiß, es ist lange Zeit her, dass wir beide mal tanzen waren. Ich habe meine neuen Schuhe noch nicht ein einziges Mal getragen, fällt mir gerade ein. Was schlägst du vor?“ „Lass uns mal überlegen. Was hältst du von einem *Fahrrad*ausflug? Nur du und ich.“

Ein paar Tage später ist es so weit. Die Sonne scheint, der Himmel ist blau und alles vorbereitet. Mama und Papa geben Rita einen dicken Kuss und verabschieden sich. Aber ohne Ermahnungen geht es nicht. „Mach der Oma keine Scherereien, sei brav und ein liebes Kind. Ärgere nicht den Opa. Mach keine Dummheiten! Wir sind heute Abend wieder zurück.“

Um nicht unterwegs zu verhungern, hat Mama einen *Weidenkorb* mit leckeren Sachen gefüllt: Brot, *Speck*, *Käse* und *Äpfel*. Die Zwiebeln hat sie schnell wieder zurückgelegt und stattdessen noch ein paar *Gurken* genommen. Über alles hat sie ein Tuch gespannt. In Papas *Aktentasche* steckt eine Thermoskanne mit Kaffee, Geschirr und etwas Besteck. Auch hat er nicht den Flachmann vergessen. Und eine Schachtel Zigaretten. Eine Decke konnte er auch noch am Fahrrad festbinden.

Auf geht's! Mama und Papa genießen die Landschaft, fahren mal rechts ran, atmen tief durch, schauen sich um, schnuppern die Luft, entspannen und suchen sich ein Plätzchen zum Picknick machen. Dort wird die Decke ausgebreitet und der Weidenkorb geöffnet. Sie schäkern miteinander, stecken sich Häppchen in den Mund und genießen ihre Freiheit. Ein herrlicher Tag!

„Wir sind wieder da, Rita!“ „War es schön? Habt ihr mir etwas mitgebracht?“ „Ja, wir haben eine Bäckerei entdeckt und leckere kleine Kuchen mitgebracht.“ „Oh, danke, vielen Dank! Ihr habt nicht vergessen, dass ich eine Naschkatze bin. Ich mag so gern Süßes.“ „Ja, wir auch, Rita.“ Mama und Papa werfen sich vielsagende Blicke zu.

Papa sucht etwas

Bildkarten: Küchentisch, Aktentasche, Fahrrad

Papa stürzt in die Küche. Er ist ganz aufgeregt. „Mutti, hast du meinen Taschenkalender gesehen?“ „Na, du wirst ihn schon nicht verloren haben. Ich helfe dir beim Suchen.“

Mama steht auf. Sie hat am *Küchentisch* gesessen und einen Strumpf gestopft. Oma hat ihn gestrickt und es ist nicht leicht, die Maschen aufzunehmen. Nun legt sie die Arbeit beiseite. „Wo könntest du ihn denn verloren haben?“ Wie immer lässt Mama sich nicht aus der Ruhe bringen.

Papa denkt nach. „Ich habe ihn immer in meiner *Aktentasche*. Als ich vorhin von der Arbeit kam, kam Rita mir entgegengelaufen und fiel mir in die Arme. Dann bin ich schnell nach oben, habe mich gewaschen und umgezogen. Da fiel mir ein, dass ich eine Uhrzeit vergessen habe. Ich muss mich morgen mit einem Kollegen treffen. Es ist wichtig.“

„Hol mal deine Aktentasche her. Der Kalender muss da doch drin sein. Du hast etwas übersehen.“

Papa schüttet die Aktentasche auf dem Küchentisch aus. Was kommt da nicht alles zum Vorschein: die leere Brotdose, eine alte Zeitung, ein Notizblock zum Abreißen, Stifte im Lederetui, ein Briefumschlag, ein Lieferzettel, ein Scheckheft, ein Taschenmesser, ein Taschentuch, eine Spesenquittung, ein Familienfoto, ein Nagel … aber kein Kalender.

Mama und Papa fassen sich an den Kopf. Da spaziert Rita in die Küche. Sie hält den Kalender in der Hand. „Papa, du kannst ihn jetzt wiederhaben. Da sind so schöne Bilder drin. Ich habe sie mir alle angesehen. Schau mal, da ist eine Weltkarte. Zeigst du mir, wo wir wohnen?“

Papa atmet tief durch. Natürlich! Die Aktentasche! Er hängt sie immer ans *Fahrrad*. Zum Abnehmen muss er die beiden Schnallen öffnen. Als vorhin Rita auf ihn zulief und seine Beine umarmte, muss es passiert sein. Der Kalender fiel heraus und die Kleine hat ihn sich gegriffen, neugierig wie sie ist. Und er hatte es so eilig nach oben zu kommen. Erleichtert schließt er sein Töchterchen in die Arme. Der Kalender ist wieder da und alles ist wieder gut.

Gerüche

Bildkarten: Weidenkorb, Küchentisch, Fahrrad, Schälchen, Zwiebeln, Gurken, Käse

Mama kommt nach Hause. Sie hat Einkäufe gemacht. Sie stellt den *Weidenkorb* auf dem *Küchentisch* ab und packt ihn aus. Rita schaut ihr zu. Wie immer ist sie neugierig und will von Mama lernen. Was hat Mama wohl mitgebracht?

„Von all den Besorgungen bin ich richtig ins Schwitzen gekommen. So viel Lauferei. Ich muss mich erst einmal hinsetzen. Ich glaub, ich möchte endlich mein eigenes *Fahrrad* haben. Dann ginge es schneller und ich hätte nicht so viel zu schleppen.“ Mama zieht sich einen Stuhl heran. „Mir ist ganz blümerant.“

„Mama, ruh dich aus. Kann ich dir helfen?“ „Ja, gern, Rita, räum einfach alles weg. Ich sag dir, wohin damit: Das *Schälchen* mit der

Schlagsahne kommt an die kühlste Stelle in der Speisekammer, die *Zwiebeln* in den Korb am Boden, das Brot in den Brotkasten. Den Zucker musst du aus der Tüte in die Keramikdose umfüllen. Und die *Gurken* leg bitte zum Waschen und Bürsten an die Spüle. Zu Mittag gibt es geschmorte Gurken mit Dill."

„Und wohin mit dem Käse?" Rita hält ein Päckchen in der Hand und sieht Mama fragend an. „Hol erst die Glocke, wickel' den *Käse* aus und leg ihn hinein." Rita nimmt die Käseglocke aus dem Schrank und schlägt das Pergamentpapier auf. Sie rümpft die Nase. „Oh, der stinkt! Und wie der Käse stinkt!" Sie schüttelt sich vor Grauen. „Wer soll so was essen? Igittigitt!" „Das ist der Tilsiter Käse. Papa mag ihn besonders gern."

Mama schält jetzt Zwiebeln und eine Knoblauchzehe fürs Mittagessen. Rita ist empfindlich und es steigen ihr Tränen in die Augen. „Mama, alles stinkt hier und jetzt muss ich auch noch weinen!", empört sie sich.

Oma kommt herein. Sie schnüffelt: „Was stinkt denn so bei euch? Ach, der Käse! Und die Zwiebeln und der Knoblauch!" Sie begrüßt Mama und umarmt sie. „Na, wo warst du denn? Du solltest mehr auf dich achten!" „Ach, mir ist gar nicht gut! Ich bin ganz erschöpft." Oma zieht eine Schublade auf und holt ein Fläschchen Parfüm heraus. „Riech mal dran, dann geht es dir gleich besser." Sie verteilt auch ein paar Tropfen Parfüm an alle.

Auf dem Herd schmoren die Gurken. Wie das jetzt duftet! Und als Oma noch frischen Dill hinzugibt, duftet es noch mehr. Oma ist fröhlich und meint: „Wir drei Weiber sind richtig gut in Hausarbeit. Wir verstehen was von Kochen und Haushalten und Hausmitteln und gesundem Essen."

Da kommt Opa. Er hat Oma zugehört und fragt nun lächelnd: „Meine liebe Frau, du hast jetzt aber nicht vergessen, dass auch Eigenlob stinkt?" „Das wirst du gleich feststellen können, mein lieber Mann, wenn es dir nämlich wieder geschmeckt hat!"

Mamas Geburtstagswünsche

Bildkarten: Krug, Sammeltasse, Fahrrad

„Mama, du hast bald Geburtstag. Was wünschst du dir von mir?" „Ein liebes Kind!" „Aber Mama, das hast du doch schon. Sieh mich an. Bin ich nicht lieb?" „Und wie lieb du bist! Wie wäre es mit etwas Selbstgemachtem?" Mama lächelt. „Das muss ich mir erst einmal überlegen", sagt Rita und läuft zum Spielen.

Oma berät sich mit Papa. Sie weiß, was ihrer Tochter in der Küche fehlt. Sie stellt sich ein paar moderne Haushaltshelfer vor. Ihre Tochter ist so sparsam und gönnt sich selten etwas Neues. Sie hat immer noch nicht die Erfahrungen in den schlechten Zeiten vergessen. Da könnte man ihr doch mal etwas Praktisches schenken, etwas, was die Arbeit erleichtert.

Oma denkt an eine dieser neuen Bratpfannen und an einen neuen Schmortopf. Auch eine schöne Blumenvase könnte es sein. Es gibt doch wieder so ein reiches Angebot an Blumen: Nelken aus Nizza, mit Asparagus oder Plumosus gebunden, Tulpen aus den Niederlanden und Narzissen aus England. Mama steckt sie immer in ihren schönen *Krug*, wenn Papa ihr Blumen mitbringt. Aber eine Vase aus Kristall, schlank und elegant, das wäre doch auch etwas Besonderes zum Geburtstag. Oder ein weiteres Gedeck *Sammeltassen*? Der Freundeskreis wird wieder größer. Man lernt die Mütter von Ritas Klassenkameradinnen kennen und könnte sie einladen.

Papa hat zugehört und eine andere Idee. Wie wäre es mit einem Kaffeeservice? Da ist wieder ein reiches Angebot von schönen Mustern und Formen in den Geschäften zu sehen. Sechs gleiche Gedecke, eine Kaffeekanne, Zuckerdose und Sahnekännchen sind immer in einem Paket zusammen. Eine Torten- oder Königskuchenplatte oder eine Keksschale kann man bestellen und nachkaufen. Oma und Papa wägen erst einmal ab und verschieben ihre Entscheidung auf später.

Ach, ja, Mama überlegt auch, was sie sich heimlich wünscht. Neulich stand sie mit ihrem Mann vor einem Schaufenster. Da gab es wunderschöne Schuhe anzusehen. Ein Paar gefiel ihr besonders und sie zeigte mit dem Finger auf die Schuhe mit den Pfennigabsätzen. Ein paar Häuser weiter war ein Wäschegeschäft und da fiel ihr ein Unterrock mit Stufen und Volants auf. Ob Papa das gemerkt hat? Ja, sie wünscht sich etwas Persönliches, etwas nur für sie selbst. Das wäre schön. Und dann mit Papa wieder einmal ausgehen und tanzen.

Am Geburtstagsmorgen überreicht Rita ihrer Mutter ein selbstgemaltes Bild. Es zeigt ein Haus, zwei Erwachsene und ein Kind und über allem scheint die Sonne. Mama freut sich darüber sehr und lobt ihr Töchterchen in höchsten Tönen, drückt sie an sich und gibt ihr einen Kuss. Sie hat die Botschaft verstanden.

Auch Papa gratuliert seiner Ehefrau herzlich, steht mit leeren Händen da, entschuldigt sich und verschwindet. Als kurz darauf unerwartet die Glocke läutet und Papa wieder in der Haustür steht, hält er ein *Fahrrad* in der Hand. Es ist das Geburtstagsgeschenk für Mama. Nun ist Mama ganz rot im Gesicht vor Freude und fällt Papa um den Hals. So ein großzügiges Geschenk hatte sie nicht erwartet. Die Überraschung ist ihm gelungen. Papa erklärt noch, dass das Rad doch gar nicht neu ist, sondern gebraucht. Er habe es von einem Kollegen, der sich ein Auto gekauft hat. Da ist Mama schon im Sattel und fährt eine Proberunde.

Und was ließ sich Oma einfallen? Sie wickelte eines von ihren eigenen Sammelgedecken in frisch gebügeltes Seidenpapier ein und in die Tasse steckte sie noch ein paar kleine Scheine. Damit Mama sich noch etwas Schönes kaufen kann.

Stoffeinkauf

Bildkarten: Kleidchen, Glocke, Kirschen, Aktentasche

„Rita, hast du dir die Hände gewaschen? Wir wollen los." Mama steht in der Tür und wartet. Sie hat sich hübsch gemacht, denn sie will mit ihrer Tochter in die Stadt gehen und Stoff kaufen. „Kommst du?" Bald darauf halten sich die beiden Damen an den Händen, schauen nach rechts und links und wieder rechts und überqueren die Straße. Man muss neuerdings sehr aufpassen. Der Autoverkehr hat zugenommen und es gibt auch viele Lastkraftwagen und dann die Radfahrer. Selten, dass ein Pferdefuhrwerk vorbeikommt.

„Mama, wenn du mir ein *Kleidchen* nähst: Hast du das auf der Schule gelernt?" „Nein, das hat mir deine Großmutter schon beigebracht. Sie hat eine alte Nähmaschine. Opa hat sie mal auf dem Schwarzmarkt eingetauscht und Oma war später sehr froh, dass sie etwas mit dem Nähen dazu verdienen konnte. Auch sie hat sich vieles selbst beigebracht."

Da erreichen sie das Stoffgeschäft. Es ist ein kleiner Laden zwischen alten Häusern. Die Ladentür ist etwas erhöht. Drei Stufen muss man hochgehen. An der Seite ist aber ein Geländer angebracht, an dem man sich festhalten kann. Laut erklingt eine *Glocke*. Und schon ziehen die Holzregale mit den Stoffballen alle Aufmerksamkeit auf sich. Rita staunt und fasst die Stoffe an. „Hast du auch saubere Hände?", fragt die Verkäuferin schnell. Rita hält die Hände vor und lässt sie begutachten. „Na, klar!", antwortet sie. „Dann darfst du dich umschauen."

Auch Mama muss sich erst einmal alles ansehen. Sie weiß, was sie will und braucht. Schließlich zeigt sie Rita ein paar Stoffe. Sie sind aus Baumwolle und bunt bedruckt. „Sag, was gefällt dir am besten? Was hältst du von diesem?" Die Verkäuferin nimmt den

Ballen aus dem Regal, rollt etwas Stoff ab und hält ihn unter Ritas Kinn. „Da ist ein Spiegel. Schau mal!“ „Hm!“ „Und dieser hier?“ „Hm!“ „Und dieser? Der steht dir ganz besonders.“ „Hm!“

Mama schaut Rita fragend an. Sie kennt ihre kleine Tochter und sieht, dass auch sie sich schon etwas in den Kopf gesetzt hat. „Mama, kann ich diesen haben? Bitte! Er ist so schön!“ Und Rita zeigt auf einen Stoff. Er ist auch aus Baumwolle, weiß und mit ganz vielen roten *Kirschen* bedruckt. „Mama, der ist so schön!“ Die Verkäuferin guckt Mama fragend an, dann zieht sie auch diesen Ballen aus dem Regal. „Ihre Tochter hat schon eine eigene Meinung?“ „Ja, sie weiß, was sie will. Und dieser Stoff gefällt mir auch.“ „Oh, danke, liebe Mami“, ruft Rita aus und gibt ihrer Mama einen Kuss.

Nun wird mit einer hölzernen Elle der Stoff für ein Hemdblusenkleid mit weitem Rock abgemessen und mit einer großen Schere abgeschnitten. Mama sucht noch ein paar Perlmuttknöpfe aus, besinnt sich aber, als sie den Preis hört, und meint, sie habe doch noch welche zuhause. Nähgarn braucht sie auch nicht. Aber ein Bubikragen muss es noch sein. „Den werde ich zum Waschen immer abtrennen und mit der Hand schnell wieder annähen“, erklärt sie ihrer Tochter.

Auf dem Gehweg fragt Rita: „Wo hast du denn die Knöpfe für mein neues Kleid liegen?“ Mama sagt es ihr. Beide müssen lachen. Da klingelt eine Fahrradglocke hinter ihnen. Es ist der Papa. „Gebt mir eure Einkäufe. Dann habt ihr eure Hände frei. Und könnt noch mehr Spaß miteinander haben.“ Papa verstaut das Paket in seiner *Aktentasche*.

„Papa, weißt du, was Mama zuhause macht?“ Rita ist glücklich und übermütig zugleich. „Mama nimmt dir ein Hemd weg und schneidet dann die Knöpfe für mein neues Kleid ab.“ „Na, das lass ich mir aber gern gefallen!“ Papa schmunzelt. „Dann liege ich dir in deinem neuen Kleid immer auf dem Herzen.“

Was soll ich kochen?

Bildkarten: Küchentisch, Zwiebeln, Käse

Mama sitzt am *Küchentisch* und grübelt. Vor ihr liegen Kochbücher und ein Ordner mit ausgerissenen Kochrezepten aus Zeitungen und Frauenzeitschriften. Aus der Schublade nimmt sie noch die Zettel mit Rezepten heraus, die sie von ihren Freundinnen bekommen hat, und schiebt die Wochenromane beiseite. Sie überlegt hin und her. Was soll sie kochen? Mal was anderes. Sie kann doch nicht immer einkaufen gehen. Nur einmal in der Woche, am Sonntag, gibt es einen großen Braten. Fleisch ist teuer. Reste werden am Montag weiterverwendet. Und wieder nur Kartoffeln mit Gemüse oder Kartoffeln mit Quark? Oder Eintopf? Mama seufzt und blättert weiter in einem Schulkochbuch. Da findet sie ein Kapitel mit der Überschrift: „Was habe ich im Hause und was kann ich davon kochen?" Und sie fängt an zu lesen. Das ist ja interessant.

„Kohl, Weißkohl": Kohlsuppe. Kohleintopf. Kohlwickel. Schmorkohl. Kohlkopf gefüllt ... Kohlsalat. Kohlsalat? Roh? Kalt? Nein, so etwas verträgt ja kein Mensch. Wo kommt dieses Rezept her? Vom Balkan? Aha, nie so was gegessen und auch nie da gewesen. Roher Kohl! Nichts für uns. Die sollen ja da auch rohe Paprikaschoten essen! Die müssen doch scharf sein wie Pfeffer von der Teufelsinsel. Gefüllter Kohlkopf? Nein, das ist viel zu aufwändig und womöglich schmeckt das auch nicht. Irish Stew? Oh, weh, wird mit Hammelfleisch gekocht! Gut, dass es das bei uns nicht gibt. Auch mit anderem Fleisch zuzubereiten. Aber nicht jetzt.

Mama liest weiter. „*Zwiebeln*": Rohe Zwiebeln im Salat. Geschmorte Zwiebeln. Eingelegte Zwiebeln. Karamellisierte Zwiebeln. Zwiebelsuppe. Gefüllte Zwiebeln. Zwiebelmus ... Überbackene Zwiebelsuppe. Das wäre vielleicht etwas Gutes. Mama studiert das Rezept. Das gefällt ihr und sie will es heute ausprobieren.

Sie schält einen Berg Zwiebeln, schneidet sie in Scheiben und schmort sie in einem breiten Topf an. Dabei laufen ihr die Tränen die Wangen hinunter. Aber sie hält durch und gießt mit Weißwein und Wasser auf. Sie fügt Salz und Lorbeerblätter und Thymian hinzu, lässt alles köcheln und schmeckt ab. Aber wie, mit Knoblauch, wie es im Rezept steht? Nein, den habe ich nicht, der kommt nicht rein! Das muss auch ohne Knoblauch gehen. Na, geht doch auch ohne. Aber mit Pfeffer. Und etwas Zucker.

Und jetzt Brot und *Käse* in Scheiben schneiden, die große Suppenterrine damit auslegen und mit der kochenden Zwiebelsuppe füllen – das ist das einfache Rezept.

Oder die Suppe in Schalen füllen, Brot und Käse auflegen und im Ofen überbacken – das ist das französische Rezept.

Auf die Reaktion von Papa ist Mama sehr neugierig. Was er wohl sagen wird? Ob es ihm schmeckt? Oder wird er wieder sagen: „Meine Mutter wusste immer, was mir schmeckt! Kannst du nicht kochen wie sie?“

Mama am Küchentisch

Bildkarten: Küchentisch, Krug

Mama sitzt am *Küchentisch*. Papa ist auf der Arbeit und Rita in der Schule. Jetzt muss Mama mal verschnaufen. Die Hausarbeit ist aufreibend. Immer wieder von vorn beginnen. Nie endet sie. Eben hat sie gebohnert. Den schweren Bohnerbesen immer wieder über die Fußbodendielen zu ziehen, damit sie schön glänzen, ist sehr anstrengend. Dabei kommt man ordentlich ins Schwitzen. Aber so hat sie es gelernt und so macht sie das dann auch. Auch wenn sie schwanger ist.

Der Wasserkessel pfeift. Mama steht auf, stellt die Gasflamme ab und brüht sich einen Kaffee. Sie gibt einen Löffel Kaffeemehl in die kleine Kanne und gießt das Wasser auf. Nun umrühren und etwas warten. Mama schaut in die Kanne auf den Boden. Nein, heute macht sie sich keinen Blümchenkaffee. Heute gönnt sie sich einen richtig guten, duftenden Kaffee. Sie schenkt sich eine Tasse ein und gießt etwas frische Milch aus dem *Krug* hinzu. Hm, wie gut das schmeckt! Mama schließt kurz die Augen.

Doch schon ziehen die Gedanken herauf: Hast du an den Termin für die Mangelwäsche gedacht? Kann Mutter dir das Hemden bügeln abnehmen? Wer besorgt das Geburtstagsgeschenk? Haben wir noch Zahnpasta im Haus? Reicht das Haushaltsgeld bis zum Monatsende?

Mama seufzt und zieht die Schublade am Küchentisch auf. Sie nimmt ein flaches Buch und einen Stift heraus und schlägt es auf. In Kolonnen hat sie Zahlen untereinander geschrieben. Miete, Wasser, Strom, Lebensmittel, Kleidung, Drogerie, Extras … Sie überlegt. Wie soll sie da noch etwas sparen. Sie wünscht sich schon lange einen von diesen neumodischen Haartrocknern.

Die Türglocke läutet. Die Nachbarin steht in der Tür. „Kann ich mal schnell zu dir reinkommen? Kannst du mir ein paar Eier borgen? Oh, du machst es dir aber gemütlich! Da komme ich ja gerade recht. Hast du noch einen Kaffee für mich übrig?“ Die Nachbarin ist nicht zu bremsen. Schon sitzt sie am Küchentisch und erzählt den neuesten Klatsch. Mama gießt noch etwas heißes Wasser in die Kanne, holt eine Tasse aus dem Schrank und schenkt einen Kaffee ein.

Sonnabend

Bildkarten: Fahrrad, Weidenkorb, Äpfel, Gurken, Zwiebeln, Speck, Wurzelbürste

Es ist Sonnabend. Mama fährt in der Früh mit dem *Fahrrad* zum Markt und kauft ein. Alles ist frisch und sie hat alles bekommen und in ihren *Weidenkorb* gepackt. Jetzt muss sie noch schnell den Fußweg vor dem Haus fegen und ein bisschen Unkraut wegmachen. Papa hat gesagt, das wird eines Tages eine große Maschine machen, aber jetzt müssen noch die Bürger ran, es heißt ja auch Bürgersteig. Papa würde ihr gern helfen, aber er muss auch am Sonnabend arbeiten.

Mama schaut auf die Kirchturmuhr. Die Glocke schlägt zwölfmal. Es ist schon Mittag und sie hat noch nicht ans Essen machen gedacht. Sie stellt Besen und Schaufel in den Hof und eilt nach oben in die Küche. Schnell Wasser aufsetzen, dann hat man schon mal was. Bis es kocht, hat sie die Kartoffeln geschält. Den Hering wässern, *Apfel*, *Gurke* und *Zwiebel* schälen und klein schneiden, mit Sahne verrühren und, wenn Papa kommt, die *Speck*würfel braten – das ist doch alles keine Arbeit.

Da ist noch etwas. Sie hat noch nicht an das Badewasser gedacht. Im Badezimmer stellt sie den Boiler an und achtet auf die Gasflamme. Es wird ein paar Stunden dauern, bis das Wasser ganz heiß ist. Sonnabends wird immer gebadet. Einer nach dem anderen. Danach gibt es für jeden frische Wäsche und am Montag kommt vielleicht die Waschfrau und hilft beim Wäsche machen. Mit einem Blick stellt Mama fest, was noch fehlt: das Shampoo! Ist die Drogerie noch offen? Ohne nachzudenken, läuft sie nach unten, findet die Drogerie nebenan noch geöffnet, weil sauber gemacht wird, nimmt zwei Beutelchen Shampoo aus einem Gefäß auf dem Tresen, ohne zu zahlen, grüßt noch die Nachbarin und verschnauft endlich in der Küche, als Papa eintritt und sagt: „Na, alles ruhig hier? Endlich Wochenende! Nachher gehe ich zum Fußball. Kann später werden. Denkst du auch an mein Badewasser?" Er setzt sich zum Mittagessen an den Tisch. Auf den Speck muss er noch etwas warten.

„Was gibt es eigentlich heute im Kino? Einen Heimatfilm oder einen Schülerstreich?" Mama stellt sich ein paar schöne Stunden mit Papa oder mit Rita und ihren Eltern, eher, der Mutter, vor. Vielleicht kommt ja einer von ihnen mit. Sie würde gern mal nichts tun. Nur einen Film gucken und in Träumen versinken und sich entführen lassen in eine andere Welt. Mama seufzt. Dann nimmt sie die *Wurzelbürste* und schrubbt die Badewanne, bis sie wieder glänzt.

Sonntag

Bildkarten: Speck, Zwiebeln, Pflaumen, Kirschen, Äpfel, Krug, Sammeltasse

Am Sonntag kommen Oma und Opa zum Mittagessen. Opa freut sich immer schon auf die Rindsbouillon. Dann lässt er sich von Papa ein Gläschen Rotwein einschenken und gießt einen ordentlichen Schuss Wein in seine Suppe. Das hat er als junger Mann in Frankreich gelernt und es hat ihm sehr geholfen zu überleben, erzählt er dann immer. Rita liebt die Buchstabennudeln in der Suppe. Mit ihnen legt sie auf dem Tellerrand ihren Namen und andere Wörter. Das hat sie bei Papa auch schon gesehen. Und Oma entdeckt immer etwas am Eierstich. Mal ist er zu salzig, mal hat er zu viele Blasen oder zu viel Muskat, aber sie meint es nie böse. Mama kommt irgendwann ins Schwitzen und beeilt sich, es allen recht zu machen.

Das Hauptgericht besteht aus Braten mit Soße, vielleicht mit *Speck* und *Zwiebeln*, sowie Gemüse und Kartoffeln. Und zum Nachtisch gibt es frisches Obst wie *Pflaumen* oder *Kirschen* oder im Winter eingemachtes Kompott. Manchmal überrascht Mama mit einem *Krug* Vanillesoße zu *Apfel*mus oder heißen Kirschen. Mama lässt sich schon mal etwas Neues einfallen.

„Kind, was hast du denn heute Nachmittag für einen Kuchen gebacken?", will Oma wissen, als sie mit ihrer Tochter den Kaffeetisch deckt. Sie hält eine *Sammeltasse* in der Hand und sieht sie ganz genau an. „Du weißt, das hier ist die Tasse von deinem Vater. Die hat er mir aus Italien mitgebracht, da waren wir noch nicht verheiratet. Langsam verliert sie ihren Glanz und der Rand ist auch etwas lädiert. Und da hat sie einen kleinen Sprung. Aus der möchte ich heute meinen Kaffee trinken." „Aber gern, Mutter." Mama bringt aus der Speisekammer eine Tortenplatte mit frisch gefüllten Windbeuteln. Sie siebt noch Puderzucker obendrauf. „Und, Kind, sei uns nicht böse, aber nach dem Kaffee wollen wir gleich gehen. Es wird dem Vater langsam alles viel zu viel. Er bräuchte jetzt eigentlich seinen Mittagsschlaf, aber ihm ist sein Sofa zuhause am liebsten." „Schon gut, Mutter, ich habe schon gesehen, dass er vorhin bei Tisch ein kleines Nickerchen gemacht hat. Er ist nicht mehr der Jüngste. Aber er macht einen so zufriedenen Eindruck." „Ja, das stimmt. Aber wir Alten haben nicht mehr viel Zeit. Vater will nach Hause."

Es wird gefeiert

Bildkarten: Zwiebeln, Weidenkorb, Speck, Milchkanne, Gurken, Leiter, Hacke

Der Sommer ist zu Ende und die Ernte ist eingebracht. Die ganze Familie samt Anhang hat sich im Garten hinter dem Haus eingefunden. Freunde und Nachbarn sind dazugekommen und haben auch etwas mitgebracht. Sie wollen teilhaben an der Freude. „Heute soll gefeiert werden!", hat Papa gesagt und: „Man soll die Feste feiern, wie sie fallen!" Papa ist gut gelaunt. Ihm geht es gut. Es geht aufwärts. Seine Arbeit wird anerkannt, es gibt mehr Geld, man kann sich bald mehr leisten. Papa denkt an ein Auto und an ein eigenes Haus. An Reisen und Wohlstand. Er könnte die Welt umarmen. So hat er sie nicht immer gesehen.

Auf dem Hof werden Stühle und Tische aufgeklappt und zu Sitzgruppen zusammengestellt. Gläser werden aus den verschiedensten Schränken geholt. Bierflaschen kühlen in einer Zinkwanne mit zerstoßenem Stangeneis, das die Brauerei gebracht hat. Oma hat nach Opas Anweisung frisches Schweinefleisch gewolft und beide haben es mit Salz und Pfeffer nach alter Tradition kräftig abgeschmeckt, dazu *Zwiebeln* gehackt. Brot mit glänzender Kruste wird in dicke Scheiben geschnitten. Ein *Weidenkorb* mit Brötchen steht bereit. Mama wählt Würste in der Speisekammer aus und nimmt dann auch den Speck mit. Eine Freundin bringt einen Strauß Sonnenblumen mit und stellt ihn erst einmal in die alte *Milchkanne.* Eine andere Freundin, die Drogistin von nebenan, spendiert Mama ein Fläschchen Eau de Toilette und Papa Rasierschaum, eine neue Marke. Ehepaare treffen ein und übergeben in Seidenpapier eingewickelte Weinflaschen. Papa geht mit einem Tablett herum und schenkt jedem einen Begrüßungsschnaps ein. Bald stehen auch noch Schmalz und Leberwurst auf dem Tisch. Irgendjemand hat es mitgebracht. Und Salzstangen. Und eingelegte Gurken.

Die Kinder toben herum, spielen in der Sandkiste und hüpfen über Kreidefelder. Die Erwachsenen erzählen sich das Neueste von Verwaltung und Stadtrat, von Bauplänen und Genehmigungen, Automodellen und Haushaltsmaschinen. Sie lachen laut auf und die Gläser klirren.

„Hört doch mal alle her! Ruhe! Kommt mal näher!" Papa stellt sich auf einen Stuhl, schaut sich um und wartet ab. Zwei Kinder klettern die Leiter am Apfelbaum hoch. Stühle kippen um. „Ruhe!" Opa hält sich an einer *Hacke* fest, Oma neben sich. „Meine lieben Leute, ich mache es kurz. Ich wollte euch nur sagen, dass ich glücklich und dankbar bin, dass wir hier alle zusammengekommen sind. Wir alle haben es geschafft! Es geht aufwärts! Und ich möchte mit euch dem Herrgott danken, dass wir die schlimme Zeit hinter uns gelassen haben und dass Frieden herrscht. Wir haben uns alle sehr angestrengt und viel gearbeitet. Das machen wir auch weiterhin so. Lasst uns feiern. Stoßt mit mir an! Auf eine glückliche, friedliche Zukunft für uns alle!" Papa hat einen schönen Schwips. Er umfasst Mama in der Taille und zur einsetzenden Akkordeonmusik schwingt er mit ihr das Tanzbein. Solch ein tolles Fest wird es sobald nicht wieder geben, hieß es am nächsten Tag. Kinder, wir haben überlebt! Es geht uns gold!

Pfannkuchen

Bildkarten: Kleidchen, Krug, Küchentisch, Schneebesen, Schöpfkelle, Speck, Zwiebel, Aktentasche

Die Mutter sitzt in der Küche an der Nähmaschine und näht Waschfalten in den weiten Rock. Bald ist das *Kleidchen* für ihr Töchterchen fertig. Da fällt ihr Blick auf die Uhr. Mutter hat über der Arbeit die Zeit vergessen! Schon so spät! Sie überlegt kurz, nimmt den großen *Krug* aus dem Schrank und stellt ihn auf den *Küchentisch*. Sie schlägt Eier hinein, gießt Milch hinzu und verrührt alles mit dem *Schneebesen*. Dann schüttet sie das Mehl hinzu und eine Prise Salz. Noch einmal ordentlich durchschlagen und der Pfannkuchenteig kann quellen.

Mutter ruft Rita und sie machen die letzte Anprobe. Der Bubikragen wird noch angesteckt und das war es schon. Mutter wird ihn später mit der Hand annähen.

In der Pfanne brutzelt die Butter. Mutter gibt eine *Schöpfkelle* Teig in die Pfanne und schon bald duftet es nach gebackenem Pfannkuchen. „Noch einen kleinen?“ - „Ja, bitte, Mami, und noch etwas Pflaumenmus dazu.“ Die Mutter lächelt. „Mami, du bist die liebste Mami auf der Welt!“ — „Bekomme ich auch einen Pfannkuchen ab?“ Der Vater ist nach Hause gekommen. „Und meinen mit *Speck* und *Zwiebeln*?“ Er stellt die *Aktentasche* in die Ecke und setzt sich zu seiner Tochter an den Küchentisch.

Pflaumenernte

Bildkarten: Pflaumen, Leiter, Weidenkorb, Einmachglas

Die Großeltern haben einen großen Obst- und Gemüsegarten hinter dem Hof. Die Sonne scheint, das Obst reift und nun ist die *Pflaumen*ernte angesagt. Der Opa holt eine lange *Leiter* aus der Scheune. Die Oma sucht nach einer langen Wäschestange. Mama sorgt für Kisten und *Weidenkörbe*.

Los geht es mit Rütteln, Klopfen und Schütteln. Mama sammelt eifrig die heruntergefallenen Pflaumen auf. Die kleine Rita hilft ihr, wie sie kann, und steckt sich manche Pflaume in den Mund. Oma hält die Leiter fest. Sie schimpft, wenn Opa zu weit hoch klettert. Aber schließlich ist es geschafft. Alle Pflaumen sind geerntet. Die Frauen überlegen, wie viele *Einmachgläser* sie für Kompott, Mus und Marmelade bereitstellen können. Und Opa träumt von einem Pflaumenschnaps, wie er ihn früher mit seinen Nachbarn gebrannt hat. Er brannte so schön in der Kehle.

Saure Gurken

Bildkarten: Gurke, Wurzelbürste, Einmachglas, Küchentisch, Krug, Hacke, Spaten

Mama steht in der Küche am Waschtisch und schrubbt *Gurken*. Mit einer *Wurzelbürste* fährt sie über die Schale und entfernt dabei die borstigen Härchen. Auf dem *Küchentisch* stehen bereits die *Einmachgläser*. Sie sind blitzeblank gewaschen. Die Gummiringe sind ausgekocht. Saubere Handtücher liegen bereit. In einem *Krug* hat sie die Marinade aus Wasser, Essig, Zucker, Salz, Senf- und Pfefferkörnern angesetzt. Frischer Dill und Knoblauchzehen liegen auf einem Teller.

Mama ist noch nicht mit dem Schrubben der Gurken fertig, als Opa hereinkommt. „Ich brauche die Wurzelbürste!" Mama schaut auf und wundert sich. „Ich muss die *Hacke* und den *Spaten* saubermachen, bevor ich sie wegstelle. Ich habe im Garten gearbeitet!" Aber Mama gibt ihre Wurzelbürste nicht her. Da muss sich der Opa etwas anderes einfallen lassen. Opa brummelt noch etwas in seinen Bart und setzt sich dann an den Küchentisch. Er schaut Mama zu und beide unterhalten sich.

Ein neuer Apfelbaum

Bildkarten: Spaten, Milchkanne

Opa ist mit Rita im Garten. Er will einen Apfelbaum pflanzen. Mit dem *Spaten* gräbt er ein tiefes Loch und häufelt die Erde am Rand an. Je tiefer er gräbt, desto mehr verändert sich die Erde. „Schau, Rita, hier ist der Mutterboden! Der ist reich an Nährstoffen. Das ist so etwas wie das Essen für die Pflanzen." Opa gräbt weiter. Nun kommt eine helle Sandschicht. „Da läuft ganz schnell das Regenwasser durch. Aber vorher holt sich die Pflanze, was sie braucht." Nun ist das Loch groß genug. Opa hat ein Auge auf den Wurzelballen des Apfelbaums geworfen und die Größe abgeschätzt. Er wirft Mutterboden und Kompost ins Pflanzloch und gießt mit Wasser aus der Gießkanne an. Dann stellt er den jungen Apfelbaum hinein und Rita darf ihn festhalten. Opa füllt Erde nach, tritt sie fest und wässert noch einmal. Nun ist er zufrieden.

„Bekommt der Baum auch noch was zu essen, damit er groß wird?" Rita ist neugierig. Opa geht mit ihr in eine schattige Ecke. Dort steht die alte *Milchkanne*. Er öffnet den Deckel. „Oh, das stinkt!

Und wie das stinkt, Opa!" „Ja, das muss so sein. Da habe ich Brennnesselkraut drin. Das fault im Wasser. Später werde ich die stinkige Brühe verdünnen und dann bekommt auch der Apfelbaum etwas davon ab. Und wenn wir schon dabei sind, kann ich auch gleich etwas für Omas Rosen tun." Opa schöpft etwas von der Brühe in eine Gießkanne und verdünnt sie mit Wasser. Nun kann er damit die Blattläuse bekämpfen. „Oma freut sich, wenn ihre Rosen schön blühen und gedeihen", sagt Opa. „Du, Opa ..." Rita denkt nach. „Der Lebertran, den Mama mir immer gibt. Der stinkt doch auch. Werde ich dann auch schön blühen und gedeihen?"

Opa will nach Hause

Bildkarten: Sammeltasse, Kleidchen, Aktentasche, Apfel, Krug

Opa geht es schon seit Längerem nicht mehr gut. Oft saß er auf der Bank vor dem Haus, sprach kaum und schaute ins Weite. Er war dann mit seinen Gedanken ganz weit weg. Vor ein paar Tagen war ihm die gute *Sammeltasse* aus der Hand gefallen und er war zusammengesackt. Der Arzt wurde gerufen und untersuchte ihn noch einmal. Als er ging, sah er Oma an, schüttelte den Kopf und sagte: „Ich kann jetzt nichts mehr für ihn tun."

Er zog aus seiner *Aktentasche* einen Block und schrieb etwas auf. Oma nickte. Sie war nicht überrascht. Sie war so viele Jahre und Jahrzehnte mit ihrem Mann zusammen. Sie wusste Bescheid: Opa will nach Hause.

Opa ruft. Er liegt im Bett unter einem dicken Federbett. Er ist schwach, aber er bittet Oma mit leiser Stimme: „Rita soll zu mir kommen. Ich möchte sie sehen."

Mama zieht Rita ihr schönes *Kleidchen* an und bringt sie zusammen mit Papa zu Opa. Rita spürt, dass etwas anders ist. Die Erwachsenen sind alle ernst und flüstern. Etwas liegt in der Luft und sie hat Angst. Beklommen steht sie allein vor Opas Bett. Sie wagt es nicht, sich zu ihm auf die Bettkante zu setzen. Opa spricht zu ihr und schaut ihr dabei ganz fest in die Augen. Rita versteht nicht viel. Aber sie fühlt, dass die Worte nach Abschied klingen.

„Und jetzt gib dem Opa noch einen Kuss!" Mama stupst Rita an die Schulter. „Und dann geh bitte nach nebenan."

Brav setzt sich Rita auf das Sofa im Wohnzimmer. Ihr Rücken ist gerade und die Beine baumeln herab. Sie sieht sich um. Da ist die Vitrine mit den Sammeltassen. Ein Gedeck ist nicht komplett, da fehlt die *Tasse*. Auf dem Tisch steht eine Schale mit *Äpfeln* aus dem Garten. Auf der Nähmaschine ein *Krug* mit Blumen. Rita denkt nach: „Was sagte der Opa vom Apfelbaum, den wir beide gepflanzt haben? Und wohin muss er jetzt gehen? Wir wollten doch noch Motorrad fahren."

Vorbereitungen zum Volksfest

Bildkarten: Krug, Küchentisch, Weidenkorb, Leiter, Schälchen

Oma sitzt allein auf der Bank auf dem Hof. Sie beobachtet das geschäftige Treiben um sie herum. Frauen sind mit ihren Kindern und Enkelkindern zusammengekommen und wollen Girlanden binden. Einige Männer geben den Ton an und laufen herum. Endlich, nach langer Zeit, darf wieder groß gefeiert werden. Und die Menschen haben Lust dazu! Es gibt so viel nachzuholen!

Sie haben Vereine und Clubs gegründet und gemeinsam treiben sie Sport wie Fußball, Kegeln und Handball. Sie treffen sich zum Chorsingen und in der Volkshochschule. Sie tauschen Film-, Handarbeits-, Näh- und Kochtipps, aber auch Romanhefte aus. Sie gründen Spiel- und Nachhilfegruppen für die Kleinen. Immer haben alle alle Hände voll zu tun.

Und jetzt machen alle mit bei den Vorbereitungen zu einem großen Fest, das eine Woche dauern soll. Ein Volksfest! Schützenfest, Herbstfest, Kirmes ... ein Fest für groß und klein. Mit Blasmusik, Zelt und Tanzboden. Mit Karussells und Losbuden. Mit Schießbuden und Bierständen. Mit Zuckerwatte und Pfefferkuchen. Und heißen Würstchen mit Senf und Schaschlik mit Zwiebeln und Paprika in *Schälchen* aus Pappe.

Wie schnell die Zeit doch vergangen ist. Oma hat Durst und will sich einschenken. Ein angestoßener *Krug* steht neben ihr auf einem wackeligen *Küchentisch*. Mama fängt Omas Blick auf und kommt ihr entgegen. Sie schenkt ihr den Apfelsaft ein. „Schön, nicht wahr? Dieser Trubel, diese vielen glücklichen Menschen. Und das ist erst der Anfang." Oma zeigt auf den Apfelbaum. „Ja, alles blüht, wächst und gedeiht. Ach, wenn der Opa das noch erleben könnte!"

Mama geht ins Haus und kommt mit einem Blech Pflaumenkuchen heraus. „Kaffeepause!", ruft sie. Rita kommt als erste herbei. Sie schwenkt einen alten *Weidenkorb* mit Tannengrün in der Hand. „Oma, darf ich mich zu dir setzen? Erzählst du mir noch mehr, wie das früher war?" Oma blüht auf: „Aber ja, meine Kleine! Siehst du da hinten die *Leiter*? Mit der fing alles an." Rita nimmt einen alten gesprungenen Teller mit Kuchen entgegen und fragt: „Mama, hast du auch Schlagsahne zum Pflaumenkuchen?"

Validationbasierte Fragen zu den Bildkarten

Aktentasche

Eröffnungsfrage: Wie war das früher?

Wer hatte eine Aktentasche?
Vater, Chef, Lehrer, Bruder
Was befand sich in der Aktentasche?
Bücher, Papier, Arbeitsunterlagen, Akten, Kataloge, Brotdose, Kamm
Welchen Beruf hatte der Besitzer?
Angestellter in einem Betrieb/einer Firma, Bankangestellter, Beamter, Postbeamter, Lehrer
Sah sie aus wie diese Aktentasche? Was war anders?
Farbe, Material, Verschluss, Griff
Woher kam die Tasche?
Im Laden gekauft, geschenkt bekommen, geerbt, einst auf dem Schwarzmarkt erworben

Was war das Schlimmste?
Hunger, Kälte, Verlust von Familienmitgliedern, Heimat und Tieren, Unsicherheit, Krankheit, Versehrtheit
Was war das Schönste?
Leben auf dem Bauernhof/in der Stadt, Musik und Singen, Gemeinschaft, Geselligkeit, Kirchgang am Sonntag, Spielen mit Freunden

Was ist heute besser?
Sicherheit, genug zu essen, Wärme, volle Läden, Frieden
Was ist heute schlechter?
Alleinsein, Verlust von körperlichen Fähigkeiten (Sehen, Hören, Beweglichkeit), Verlust von Freunden, man versteht die Welt nicht mehr

Stichwörter:
Beamte, Lehrer, Arbeit, Beruf
Papiere, Akten, Butterbrotdose, Stifte, Thermoskanne
Autorität, Uniform, Polizist, Schaffner, Wärter, Gerichtsvollzieher
Leder, teuer, schwer, Rinds-/Schweins-/Ziegenleder
Handtasche, Gürtel, Schuhe

Äpfel

Eröffnungsfrage: Wie war das früher?

Hatten Sie einen Apfelbaum? Wo stand er?
Im Garten, Bauerngarten, beim Nachbarn, an der Straße, in der Feldmark
Wem gehörte der Baum?
Der Familie, den Nachbarn, dem Bauern
Wann wurden die Äpfel geerntet?
Jahreszeit, Tageszeit, Sorte
Wer erntete die Äpfel?
Die Familie, alle zusammen, Oma, Opa, Kinder
Wie ging es bei der Ernte zu?
Lustig, anstrengend, es machte Spaß / keinen Spaß
Was wurde mit den Äpfeln gemacht?
Lagerung im Keller, Verarbeitung zu Apfelmus, Apfelkompott, Trockenobst (Darre/Backofen), Apfelkuchen, Apfelschnaps

Was war das Schlimmste?
Hunger, Kälte, Verlust von Familienmitgliedern, Heimat und Tieren, Unsicherheit, Krankheit, Versehrtheit
Was war das Schönste?
Leben auf dem Bauernhof/in der Stadt, Musik und Singen, Gemeinschaft, Geselligkeit, Kirchgang am Sonntag, Spielen mit Freunden
Was ist heute besser?
Sicherheit, genug zu essen, Wärme, volle Läden, Frieden
Was ist heute schlechter?
Alleinsein, Verlust von körperlichen Fähigkeiten (Sehen, Hören, Beweglichkeit), Verlust von Freunden, man versteht die Welt nicht mehr

Stichwörter:

Kuchen, Rezepte, Rührteig, Hefeteig, Streusel, Sahne, Zimt, Zucker
Ernte, Jugend, Garten, Apfelpflücker
Apfelsorten (Gravensteiner, Cox Orange, Ingrid Marie, Klarapfel, Augustapfel)
Trockenfrüchte, Darre/ Backofen
Schnaps, Cidre, Calvados
Fallobst (Wespen, Bienen), Maden, Würmer
„Der Apfel fällt nicht weit vom Stamm"
„In den sauren Apfel beißen"
Pferdeapfel
Reichsapfel
Evas Apfel
Kandierter Apfel, „Liebesapfel"
Äppel, „veräppeln"

Butterfass

Eröffnungsfrage: Wie war das früher?

Wo gab es so ein Butterfass?
Zu Hause, auf dem Bauernhof, im Milchladen
Wer hat damit gearbeitet?
Sie selbst, Mutter, Großmutter, Ladenbesitzer/-besitzerin, Bäuerin
War es schwer, die Butter zu machen?
Haben Sie das gern getan?
Wo war der Hof/der Laden, in dem das Butterfass stand?
Gab es schon abgepackte Butter?
Hatten Sie selbst Butter zu essen?
Wann gab es am wenigsten zu essen?
Im Krieg, nach dem Krieg, auf der Flucht

Was war das Schlimmste?
Hunger, Kälte, Verlust von Familienmitgliedern, Heimat und Tieren, Unsicherheit, Krankheit, Versehrtheit
Was war das Schönste?
Leben auf dem Bauernhof/in der Stadt, Musik und Singen, Gemeinschaft, Geselligkeit, Kirchgang am Sonntag, Spielen mit Freunden
Was ist heute besser?
Sicherheit, genug zu essen, Wärme, volle Läden, Frieden
Was ist heute schlechter?
Alleinsein, Verlust von körperlichen Fähigkeiten (Sehen, Hören, Beweglichkeit), Verlust von Freunden, man versteht die Welt nicht mehr

Stichwörter:

Buttern (Bewegung im Sitzen, zwischen den Beinen)
Butter salzig/ungesalzen, Buttermilch
Rezepte „Stich Butter muss ran ans Gemüse/ Kuchen“
Frauenarbeit (die Hausfrauenarbeit wie Waschen, Putzen …)
Sahne, Schlagsahne gerinnt
Stangeneis aus der Brauerei zum Kühlen, Eiswasser
Butterfass als Schirmständer

Einmachglas

Eröffnungsfrage: Wie war das früher?

Wo gab es Einmachgläser?
Zu Hause, im Keller, in der Speisekammer, in der Küche, im Laden
Wer hat eingemacht/eingekocht?
Sie selbst, Mutter, Großmutter, Tante
Wer hat geholfen?
Freundinnen, Geschwister, Schlachter/Nachbarn
Was wurde eingemacht?
Gurken, Kirschen, Pflaumen, Apfelmus, Kompott, Pilze, Spargel, Bohnen, Wurst, Kuchen
Wo wurde eingekocht?
Küche, Waschküche, Hauswirtschaftsraum
Wann wurde eingekocht?
Zur Erntezeit, zur Schlachtzeit, im Sommer, Herbst und Winter
Haben Sie viel eingekocht?
Hatten Sie viel Eingekochtes zu essen?
Wann gab es am wenigsten zu essen?
Im Krieg, nach dem Krieg, auf der Flucht

Was war das Schlimmste?
Hunger, Kälte, Verlust von Familienmitgliedern, Heimat und Tieren, Unsicherheit, Krankheit, Versehrtheit
Was war das Schönste?
Leben auf dem Bauernhof/in der Stadt, Musik und Singen, Gemeinschaft, Geselligkeit, Kirchgang am Sonntag, Spielen mit Freunden
Was ist heute besser?
Sicherheit, genug zu essen, Wärme, volle Läden, Frieden

Was ist heute schlechter?
Alleinsein, Verlust von körperlichen Fähigkeiten (Sehen, Hören, Beweglichkeit), Verlust von Freunden, man versteht die Welt nicht mehr

Stichwörter:
Einkochtopf, Einkochapparat, Einmachgummi, Deckelglas, Deckelklammer
Hitze, Dampf
Regal im Keller mit Gläsern und Dosen, undichte Gläser, verdorbener Inhalt, Schimmel, schlechter Geruch
Vorräte für schlechte Zeiten
„Man hat etwas im Hause“

Fahrrad

Eröffnungsfrage: Wie war das früher?

Wer fuhr so ein Fahrrad?
Sie selbst, Vater, Opa, Postbote
Woher kam das Rad?
Geschäft, geschenkt bekommen, gegen etwas getauscht
Wann wurde es benutzt, wohin fuhr man damit?
Arbeit, zum Einkaufen
Womit konnte man sonst noch fahren?
Bus, Tram, Zug, Pferdefuhrwerk
Was gab es nicht, was fehlte?
Eigenes Auto
Wohin sind Sie am liebsten gefahren?
Ausflug, Freunde besuchen, Verwandte besuchen
Wohin mochten Sie gar nicht fahren?
Verwandte, die man nicht mochte; Verwandte, die weit weg wohnten; Schule, Arbeit, Gottesdienst, den Berg hinauf

Was war das Schlimmste?
Hunger, Kälte, Verlust von Familienmitgliedern, Heimat und Tieren, Unsicherheit, Krankheit, Versehrtheit
Was war das Schönste?
Leben auf dem Bauernhof/in der Stadt, Musik und Singen, Gemeinschaft, Geselligkeit, Kirchgang am Sonntag, Spielen mit Freunden
Was ist heute besser?
Sicherheit, genug zu essen, Wärme, volle Läden, Frieden
Was ist heute schlechter?
Alleinsein, Verlust von körperlichen Fähigkeiten (Sehen, Hören, Beweglichkeit), Verlust von Freunden, man versteht die Welt nicht mehr

Stichwörter:

Sattel, Räder, Speichen, Pedale, Klingel, Rücklicht, Katzenauge, Gepäckträger

Reparaturen (Männersache), Luftpumpen, Schlauchflicken, Panne

Einkäufe, Schule, Radwanderungen

Schulung der Kinder, Erlaubnis der Eltern, Stürze, Rock kommt in die Speichen

Rock/Kleid/Hose (Mädchen/Jungen), Fahrradklammern für die Hose

Mit Freunden zum Schwimmbad, Badesee, Heimat bergig/flach, Diebstahl

Glocke

Eröffnungsfrage: Wie war das früher?

Wo gab es so eine Glocke?
Tante-Emma-Laden, Kolonialwarenladen, Bäcker, Milchladen, Schlachter, Tabakladen
Welchen Laden mochten Sie am liebsten?
Nette Verkäuferin/Verkäufer, man bekam einen Bonbon, eine Scheibe Wurst/einen Keks
Was gefiel Ihnen nicht an dem Laden?
Unfreundliche Verkäufer/Besitzer, es roch seltsam, es war schmutzig/unheimlich
Wer ging einkaufen?
Mutter, Oma, Schwester, Tante, Bruder
Wie oft?
Täglich, einmal die Woche
Gab es eine Zeit, in der Sie nichts kaufen konnten?
Wer half dann?
Nachbarn, Verwandte

Was war das Schlimmste?
Hunger, Kälte, Verlust von Familienmitgliedern, Heimat und Tieren, Unsicherheit, Krankheit, Versehrtheit
Was war das Schönste?
Leben auf dem Bauernhof/in der Stadt, Musik und Singen, Gemeinschaft, Geselligkeit, Kirchgang am Sonntag, Spielen mit Freunden
Was ist heute besser?
Sicherheit, genug zu essen, Wärme, volle Läden, Frieden

Was ist heute schlechter?
Alleinsein, Verlust von körperlichen Fähigkeiten (Sehen, Hören, Beweglichkeit), Verlust von Freunden, man versteht die Welt nicht mehr

Stichwörter:
Glocke
Kaufmann, Gemüsehändler, Geschäft, Schuhgeschäft, Schuster, Kurzwarengeschäft, Tante-Emma-Laden, Laden, Weg zum Kaufmann (weit/nah)
Tür, Kirchturm
Lieferwagen mit Fisch, Wurst, Milch, Scherenschleifer, Eismann (auf Fahrrad)
„Kling, Glöckchen, klingelingeling …" (summen)

Gurken

Eröffnungsfrage: Wie war das früher?

Wer hatte Gurken im Garten?
Im eigenen Garten, Großeltern, Verwandte, Bauern, Gärtnerei
Wann wurden die Gurken geerntet?
Jahreszeit (im Sommer bis zum Frost), Tageszeit
Wer erntete die Gurken?
Die Familie, alle zusammen, Oma, Kinder
Wie ging es bei der Ernte zu?
Lustig, anstrengend, machte Spaß/keinen Spaß
Was wurde mit den Gurken gemacht?
Einkochen und Einlegen; Senfgurken, Gewürzgurken, Salzgurken, Saure Gurken; Schmorgurken, Gurkensalat; Gurkenmaske
Wann geschah dies?
Kindheit, Jugend, Erwachsenenalter

Was war das Schlimmste?
Hunger, Kälte, Verlust von Familienmitgliedern, Heimat und Tieren, Unsicherheit, Krankheit, Versehrtheit
Was war das Schönste?
Leben auf dem Bauernhof/in der Stadt, Musik und Singen, Gemeinschaft, Geselligkeit, Kirchgang am Sonntag, Spielen mit Freunden
Was ist heute besser?
Sicherheit, genug zu essen, Wärme, volle Läden, Frieden.
Was ist heute schlechter?
Alleinsein, Verlust von körperlichen Fähigkeiten (Sehen, Hören, Beweglichkeit), Verlust von Freunden, man versteht die Welt nicht mehr

Stichwörter:

Regionale Einmachrezepte (Ostpreußen, Schlesien, Spreewald)
Schlangengurken, Cornichons, Mixed Pickles, Fassgurken
Marinade: Dill, Senfkörner, Pfefferkörner, Lorbeer, Zwiebeln und Schalotten, Zucker, Salz, Essig, Essigessenz

Hacke

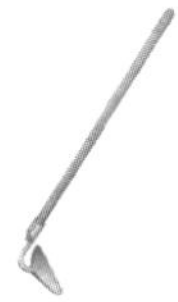

Eröffnungsfrage: Wie war das früher?

Wer hatte so eine Hacke?
Großeltern, Eltern, Gärtner
Wer hat sie benutzt?
Oma, Opa, Vater, Mutter, Bauer, Knecht, Magd, Gärtner
Haben Sie die Hacke auch benutzt?
Mädchen, noch zu klein, zu gefährlich
Wo wurde sie benutzt?
Im Garten, auf dem Feld
Was wurde mit der Hacke gemacht?
Unkraut entfernen, jäten, Erde auflockern
Sah die Hacke so aus wie diese? Was war anders?
Größer, kleiner, breiter, schmaler, dreieckig, kaputt, mit Griff
Wo wurde die Hacke aufbewahrt?
Im Schuppen, Gartenhaus, Keller, Remise, Scheune
Wann wurde die Hacke benutzt?
Jahreszeit, Tageszeit, vor und nach der Ernte
Wie ging es bei der Gartenarbeit zu?
Lustig, anstrengend, machte Spaß / keinen Spaß
Wann geschah dies?
Kindheit, Jugend, Erwachsenenalter

Was war das Schlimmste?
Hunger, Kälte, Verlust von Familienmitgliedern, Heimat und Tieren, Unsicherheit, Krankheit, Versehrtheit
Was war das Schönste?
Leben auf dem Bauernhof/in der Stadt, Musik und Singen, Gemeinschaft, Geselligkeit, Kirchgang am Sonntag, Spielen mit Freunden

Was ist heute besser?
Sicherheit, genug zu essen, Wärme, volle Läden, Frieden
Was ist heute schlechter?
Alleinsein, Verlust von körperlichen Fähigkeiten (Sehen, Hören, Beweglichkeit), Verlust von Freunden, man versteht die Welt nicht mehr

Stichwörter:
Unkraut hacken
Über die Hacke stolpern, sich in den Fuß hacken, sich Splitter einreißen, verletzen
Erde abbürsten; Hacke einölen/fetten für den Winter.
Die Beete sehen schön aus, wenn sie gehackt sind.
Der Geruch der Erde
„Hackepeter", „hackevoll", Hackklotz

Käse

Eröffnungsfrage: Wie war das früher?

Wo gab es Käselaibe zu sehen?
Milchladen, Kolonialwarenladen, Lebensmittelgeschäft, Tante-Emma-Laden
Hatten Sie Käselaibe zu Hause?
Wer machte den Käse?
Vater, Mutter, Angestellte
Welche Käsesorten kennen Sie?
Gouda, Emmentaler, Harzer, Handkäs', Kochkäse
Welchen Käse mochten Sie am liebsten?
Welchen Käse mochten Sie gar nicht?
Welchen Käse gab es? Gab es überhaupt Käse?
Wann gab es am wenigsten zu essen?
Im Krieg, nach dem Krieg, auf der Flucht

Was war das Schlimmste?
Hunger, Kälte, Verlust von Familienmitgliedern, Heimat und Tieren, Unsicherheit, Krankheit, Versehrtheit
Was war das Schönste?
Leben auf dem Bauernhof/in der Stadt, Musik und Singen, Gemeinschaft, Geselligkeit, Kirchgang am Sonntag, Spielen mit Freunden
Was ist heute besser?
Sicherheit, genug zu essen, Wärme, volle Läden, Frieden
Was ist heute schlechter?
Alleinsein, Verlust von körperlichen Fähigkeiten (Sehen, Hören, Beweglichkeit), Verlust von Freunden, man versteht die Welt nicht mehr

Stichwörter:
Edamer, Tilsiter, Butterkäse, Kochkäse („Fingerdicker Rotz“)
Laib, Kugel
Käsespätzle, Käsebrot, Käsestulle, Käsebemme
„Alles Käse“, „Wer hat denn den Käse zum Bahnhof gerollt?“
Stinkekäse, Pausenbrot, Jausenbrot, „Red' keinen Käse“, Käsefüße

Kirschen

Eröffnungsfrage: Wie war das früher?

Wer hatte einen Kirschbaum?
Wo stand er?
Im Garten, Bauerngarten, beim Nachbarn, an der Straße, in der Feldmark
Wem gehörte der Baum?
Der Familie, den Nachbarn, dem Bauern
Wann wurden die Kirschen geerntet?
Jahreszeit, Tageszeit, Sommer
Wer erntete die Kirschen?
Familie, alle zusammen, Oma, Kinder
Wie ging es bei der Ernte zu?
Lustig, anstrengend, machte Spaß/keinen Spaß
Was machte am meisten Spaß?
Kirschen naschen, Kirschkernweitspucken
Was wurde mit den Kirschen zubereitet?
Marmelade, Saft, Kirschkompott, Kirschkuchen, Rote Grütze, Kirschlikör
Wann geschah dies?
Kindheit, Jugend, Erwachsenenalter

Was war das Schlimmste?
Hunger, Kälte, Verlust von Familienmitgliedern, Heimat und Tieren, Unsicherheit, Krankheit, Versehrtheit
Was war das Schönste?
Leben auf dem Bauernhof/in der Stadt, Musik und Singen, Gemeinschaft, Geselligkeit, Kirchgang am Sonntag, Spielen mit Freunden
Was ist heute besser?
Sicherheit, genug zu essen, Wärme, volle Läden, Frieden

Was ist heute schlechter?
Alleinsein, Verlust von körperlichen Fähigkeiten (Sehen, Hören, Beweglichkeit), Verlust von Freunden, man versteht die Welt nicht mehr

Stichwörter:
Kuchen, Rezepte, Rührteig, Hefeteig, Streusel, Sahne, Windbeutel, Heiße Kirschen; Pralinen
Süßkirschen, Sauerkirschen, Schattenmorellen, Knorpelkirschen, Glaskirschen, Steinfrüchte, Weichselkirschen, Schwarzkirschen
„Kirschen aus Nachbars Garten“, „Mit dir ist gut Kirschen essen“
Kirschkerne; Entsteinen (Haarnadel im Korken, Entsteiner), rote Hände, Schürze
Weitspucken, Kirschen ans Ohr hängen (Kirschohrringe), Kerne mit der Zwille verschießen
Stare im Kirschbaum, Vogelscheuche, Luftgewehr
Würmer, faule Kirschen
Kirschwasser

Kleidchen

Eröffnungsfrage: Wie war das früher?

Wer trug so ein Kleid?
Tochter, Sie selbst, Mutter, Oma, Tante, Spielkameradin, Lehrerin
Wer hat es genäht?
Mutter, Schneiderin/Hausschneiderin, Großmutter
Woraus?
Reste, karierter, gestreifter, geblümter Stoff; ausgesucht im Laden
Wie sah es aus?
Mit Zickzackbändern vom Meter, Perlmuttknöpfe, überzogene Knöpfe, Druckknöpfe, Gummiband, gelegte Falten, Kräuselfalten, gesmokter Bund. Waschfalten am Saum, Reißverschluss, Puffärmel, Knopfleiste, Ausschnitt, Hemdblusenstil, Dirndl, Gürtel
Welche Schuhe und Strümpfe?
Barfuß, Lackschuhe, Haferlschuhe, Lederschuhe, Sandalen, Strickstrümpfe, Strumpfhose, Söckchen
Wann wurde es getragen?
Alltag, Feiertag, Schule
Wem wurde es weitergereicht?
Schwester, Nachbarin, Freundin
Wie und von wem wurde es gewaschen?
Handwäsche, Maschinenwäsche, Schleuder; Mutter, Oma, Kindermädchen, Hausmädchen, Wäscherei
Was gab es noch zum Anziehen?
Alltagskleidung, Sonntagskleid, Kleid für die Arbeit (auf dem elterlichen Hof), Winterkleidung, Sommerkleidung
Was gab es nicht, was fehlte?
Warme Kleidung für den Winter, Sonntagskleid, feste Schuhe, Lackschuhe, Mantel

Was haben Sie am liebsten angezogen?
Sonntagskleid, Kleid, das Mutter genäht hatte
Was mochten Sie gar nicht anziehen?
Wollunterwäsche (Leibchen, kratzt), Wollstrümpfe, Sonntagskleid
Wer hat gesagt, was Sie anziehen sollen?
Mutter, Kindermädchen, Heimleitung (Kinderheim)
Wann gab es am wenigsten anzuziehen?
Im Krieg, nach dem Krieg, auf der Flucht

Was war das Schlimmste?
Hunger, Kälte, Verlust von Familienmitgliedern, Heimat und Tieren, Unsicherheit, Krankheit, Versehrtheit
Was war das Schönste?
Leben auf dem Bauernhof/in der Stadt, Musik und Singen, Gemeinschaft, Geselligkeit, Kirchgang am Sonntag, Spielen mit Freunden
Was ist heute besser?
Sicherheit, genug zu essen, Wärme, volle Läden, Frieden
Was ist heute schlechter?
Alleinsein, Verlust von körperlichen Fähigkeiten (Sehen, Hören, Beweglichkeit), Verlust von Freunden, man versteht die Welt nicht mehr

Stichwörter:
Schneidern, Ändern, Nadel und Faden
„Langes Fädchen, faules Mädchen."
Bubikragen, Falten, Knöpfe, Biesen, Gürtel, Saum, Schnittmuster, Modezeitschrift, Nähmaschine
Handarbeiten, Stricken, Häkeln, Stopfen, Nähen
Adrett, sauber, wie aus dem Ei gepellt, stolz

Krug

Eröffnungsfrage: Wie war das früher?

Wer hatte so einen Krug?
Wie sah er aus?
Farben, Muster, Form
Woraus war er gemacht?
Steingut, Porzellan, emailliertes Blech, Weißblech
Womit wurde er befüllt?
Milch, Wasser, Saft
Wo befand sich der Krug?
Küche, Stall, Wirtschaftsraum, Waschküche, Milchladen, Schankwirtschaft

Was war das Schlimmste?
Hunger, Kälte, Verlust von Familienmitgliedern, Heimat und Tieren, Unsicherheit, Krankheit, Versehrtheit
Was war das Schönste?
Leben auf dem Bauernhof/in der Stadt, Musik und Singen, Gemeinschaft, Geselligkeit, Kirchgang am Sonntag, Spielen mit Freunden
Was ist heute besser?
Sicherheit, genug zu essen, Wärme, volle Läden, Frieden
Was ist heute schlechter?
Alleinsein, Verlust von körperlichen Fähigkeiten (Sehen, Hören, Beweglichkeit), Verlust von Freunden, man versteht die Welt nicht mehr

Stichwörter:

Wasserkrug, Milchkrug, Porzellan, Email, Zink, Keramik

Auf das Muster bezogen: Farbpunkte grün, rot, gelb, Quadrate, Streifen

Himbeersirup aus dem Garten, Vanillesoße, Kakao im Krug für die Kinder

Blumenvase, Blumenstrauß, Mohn (rot), Kornblumen (blau), Margeriten (Kuhblumen), als Dekoration im Regal

Einen Liter Milch holen

Der Krug ist zerbrochen/hat ein Loch, Risse, Sprünge, abgeschlagene Kanten.

„Der zerbrochene Krug"

„Der Krug geht so lange zum Brunnen, bis er bricht."

Küchentisch

Eröffnungsfrage: Wie war das früher?

Wer hatte so einen Küchentisch?
Sah er so ähnlich aus? Was war anders?
Anderes Holz, Tischplatte mit Linoleum, ohne Schublade, Schublade war nicht mehr da, Tisch war lackiert
Welche Tische gab es noch im Haus?
Stubentisch, Wohnzimmertisch (Nierentisch), Nachttisch, Esstisch, Beistelltisch, Schreibtisch, Säulentisch, Ausziehtisch
Was war bei den Tischen anders?
Tischplatte aus Glas oder mit Fliesen/Mosaik, drei Beine, gedrechselte Beine, Beine aus Metall
Wo stand der Küchentisch?
Küche, Essecke, Keller, Waschküche
Wozu wurde der Tisch benutzt?
Zum Essen, für Arbeiten in der Küche (Essen zubereiten, backen); Schularbeiten; Bügeln
Was hat Ihnen am Küchentisch besonders gefallen?
Alle waren zusammen, wir haben erzählt, es schmeckte gut
Hatten Sie genug zu essen?

Was war das Schlimmste?
Hunger, Kälte, Verlust von Familienmitgliedern, Heimat und Tieren, Unsicherheit, Krankheit, Versehrtheit
Was war das Schönste?
Leben auf dem Bauernhof/in der Stadt, Musik und Singen, Gemeinschaft, Geselligkeit, Kirchgang am Sonntag, Spielen mit Freunden
Was ist heute besser?
Sicherheit, genug zu essen, Wärme, volle Läden, Frieden

Was ist heute schlechter?
Alleinsein, Verlust von körperlichen Fähigkeiten (Sehen, Hören, Beweglichkeit), Verlust von Freunden, man versteht die Welt nicht mehr

Stichwörter:
Küchentisch, Stubentisch
Tischdecke
„Auf dem Tisch tanzen." „Alles muss auf den Tisch." „Mit der Faust auf den Tisch hauen." „Solange du deine Füße unter meinen Tisch steckst, …" „Reinen Tisch machen." „Tischlein deck dich."
Tischler
Tischmanieren, Handgelenke auf den Tisch legen, Tischgebet, Tisch decken

Leiter

Eröffnungsfrage: Wie war das früher?

Wer hatte so eine Leiter?
Eltern, Nachbarn, Bauer, Handwerker, Dachdecker, Maler, Maurer
Sah sie aus wie diese? Was war anders?
Aus Metall, aus Holz. Stehleiter zum Ausklappen, Trittleiter, Ausziehleiter, kürzer, länger, breiter
Wo war die Leiter? Wo konnte man sie sehen?
Schuppen, Stall, Remise, Garten, Gartenhäuschen, Keller, an der Hauswand
Wozu wurde die Leiter benutzt?
Obsternte, Obstbäume beschneiden; Regenrinnen saubermachen, Reparaturen am Dach; Heuboden; Glühbirnen austauschen, Gardinen aufhängen, Fenster putzen; beim Schlachten (zum Aufhängen des Schweins)

Was war das Schlimmste?
Hunger, Kälte, Verlust von Familienmitgliedern, Heimat und Tieren, Unsicherheit, Krankheit, Versehrtheit
Was war das Schönste?
Leben auf dem Bauernhof/in der Stadt, Musik und Singen, Gemeinschaft, Geselligkeit, Kirchgang am Sonntag, Spielen mit Freunden
Was ist heute besser?
Sicherheit, genug zu essen, Wärme, volle Läden, Frieden
Was ist heute schlechter?
Alleinsein, Verlust von körperlichen Fähigkeiten (Sehen, Hören, Beweglichkeit), Verlust von Freunden, man versteht die Welt nicht mehr

Stichwörter:

Auf die Leiter klettern, von der Leiter fallen, vorsichtig sein auf der Leiter

Feuerwehrleiter

Leiterwagen

„Fensterln“

Karriereleiter

Milchkanne

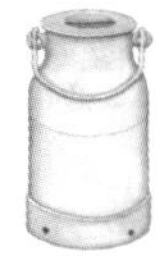

Eröffnungsfrage: Wie war das früher?

Wer hatte so eine Milchkanne?
Eltern, Nachbarn, Bauer, Milchmann
Sah sie aus wie diese? Was war anders?
Lackiert, beschriftet mit Zahlen und Buchstaben
Wo war die Milchkanne? Wo konnte man sie sehen?
Stall, Milchbank vor dem Haus, Milchladen
Wer hatte Kühe? Wie viele?
Wann war das?
Vor dem Krieg, vor der Flucht, nach dem Krieg
Was für Tiere hatten Sie noch?
Schweine, Hühner, Pferde, Hund, Katzen, Kaninchen
Wer hat die Tiere versorgt?
Vater, Mutter, Knecht, Kinder mussten helfen
Was haben Sie am liebsten getan?
Füttern, melken, Kühe auf die Weide treiben
Was mochten Sie nicht gerne tun, was war zu schwer?
Ausmisten, Rüben verziehen, Kartoffelkäfer absammeln
Welche Tiere mochten Sie am liebsten?
Welche Tiere mochten Sie nicht? Vor welchen Tieren hatten Sie Angst?

Was war das Schlimmste?
Hunger, Kälte, Verlust von Familienmitgliedern, Heimat und Tieren, Unsicherheit, Krankheit, Versehrtheit
Was war das Schönste?
Leben auf dem Bauernhof/in der Stadt, Musik und Singen, Gemeinschaft, Geselligkeit, Kirchgang am Sonntag, Spielen mit Freunden

Was ist heute besser?
Sicherheit, genug zu essen, Wärme, volle Läden, Frieden
Was ist heute schlechter?
Alleinsein, Verlust von körperlichen Fähigkeiten (Sehen, Hören, Beweglichkeit), Verlust von Freunden, man versteht die Welt nicht mehr

Stichwörter:
Bauernhof, Milchbauer, Gestell an der Straße, Molkereifahrzeug
Buttermilch, Quark, Käse
Melken, Melkschemel, Frauen/Mädchenarbeit, Milchkammer
„Strip, strap, strull, ist der Eimer noch nicht full"
Elektrische Melkanlagen

Pflaumen

Eröffnungsfrage: Wie war das früher?

Wer hatte einen Pflaumenbaum?
Wo stand er?
Im Garten, Bauerngarten, Nachbar, an der Straße, in der Feldmark
Wem gehörte der Baum?
Der Familie, den Nachbarn, dem Bauern
Wann wurden die Pflaumen geerntet?
Jahreszeit, Tageszeit
Wer erntete die Pflaumen?
Familie, alle zusammen, Oma, Kinder
Wie ging es bei der Ernte zu?
Lustig, anstrengend, machte Spaß/keinen Spaß, man musste mitarbeiten
Was wurde mit den Pflaumen zubereitet?
Pflaumenmus (stundenlang im Ofen kochen), Pflaumenkuchen, Pflaumenknödel
Wann geschah dies?
Kindheit, Erwachsenenalter

Was war das Schlimmste?
Hunger, Kälte, Verlust von Familienmitgliedern, Heimat und Tieren, Unsicherheit, Krankheit, Versehrtheit
Was war das Schönste?
Leben auf dem Bauernhof/in der Stadt, Musik und Singen, Gemeinschaft, Geselligkeit, Kirchgang am Sonntag, Spielen mit Freunden
Was ist heute besser?
Sicherheit, genug zu essen, Wärme, volle Läden, Frieden

Was ist heute schlechter?
Alleinsein, Verlust von körperlichen Fähigkeiten (Sehen, Hören, Beweglichkeit), Verlust von Freunden, man versteht die Welt nicht mehr

Stichwörter:
Kuchen, Rezepte, Rührteig, Hefeteig, Streusel, Sahne, Zimt
Ernte, Jugend, Garten
Zwetschgen, Eierpflaumen (Reneclauden), Mirabellen, Steinfrüchte
Mus, Powidlmus, Kompott, Zwetschgendatschi
Trockenfrüchte (bei Verstopfung), Darre/Backofen
Schnaps, Slivovitz
Fallobst (Wespen, Bienen)

Sammeltasse

Eröffnungsfrage: Wie war das früher?

Wer hatte Sammeltassen?
Mutter, Großmutter, Tante, Verwandte
Wie sahen die Sammeltassen aus? Wie viele hatten Sie?
Anderes Muster (Blumenmuster), andere Form, andere Farben
Wann wurden die Sammeltassen benutzt?
Geburtstag, besondere Anlässe, Konfirmation, Kommunion, Hochzeiten (Silberhochzeit, Goldene Hochzeit, Diamantene Hochzeit, Eiserne Hochzeit), Trauerfeier, Feiertage (Ostern, Weihnachten). Sie standen nur in der Vitrine.
Welche Feiern mochten Sie am liebsten? Was war am schönsten?
Verwandte kamen, es gab Geschenke, die Eltern mussten nicht arbeiten
Welche Feiern mochten Sie gar nicht? Was war schlimm?
Beerdigungen, alle waren traurig, haben geweint
Was haben Sie zu den Feiern angezogen?
Kleidchen, Anzug, schwarzes Kleid (Trauerfeier, Konfirmation)
Was gab es zu essen, wenn die Sammeltassen auf dem Tisch standen?
Kuchen, Zuckerkuchen, Gebäck, Sahne, Kaffee, Tee, Schokolade
Wann gab es am wenigsten zu essen?
Im Krieg, nach dem Krieg, auf der Flucht

Was war das Schlimmste?
Hunger, Kälte, Verlust von Familienmitgliedern, Heimat und Tieren, Unsicherheit, Krankheit, Versehrtheit
Was war das Schönste?
Leben auf dem Bauernhof/in der Stadt, Musik und Singen, Gemeinschaft, Geselligkeit, Kirchgang am Sonntag, Spielen mit Freunden

Was ist heute besser?
Sicherheit, genug zu essen, Wärme, volle Läden, Frieden
Was ist heute schlechter?
Alleinsein, Verlust von körperlichen Fähigkeiten (Sehen, Hören, Beweglichkeit), Verlust von Freunden, man versteht die Welt nicht mehr

Stichwörter:
Bei der Großmutter gesehen, Kaffeeklatsch, Sammeltassen als Souvenir/Andenken
Stickdecke, Silberbesteck, das „gute" Besteck, Vase mit Blümchen, Konfektschale, Kaffeekanne, Milchkännchen und Zuckerdose auf Tablett (aus Glas oder Silber)
Schlagsahne, Torte, frisch aufgebrühter Kaffee, Filterkaffee, Automatenkaffee
„Blümchenkaffee" (man konnte durch den Kaffee das Blumenmuster in der Tasse sehen)
Kitsch oder Kunst
Lieblingsgedeck

Schälchen

Eröffnungsfrage: Wie war das früher?

Wo haben Sie so ein Pappschälchen schon einmal gesehen?
Milchladen, Kolonialwarenladen, Tante-Emma-Laden
Wo befand sich der Laden?
Heimatort
Wer kaufte in Ihrer Familie ein?
Mutter, Großmutter, Sie selbst
Wie oft gab es Sahne?
Was konnte man außer Sahne noch in das Schälchen tun?
Wie bekommt man Sahne heute?
Plastikbecher, Fläschchen, Sprühsahne
Was gab es nicht, was fehlte?
Fleisch, Kuchen, Zucker, Gewürze
Wann gab es am wenigsten zu essen?
Im Krieg, nach dem Krieg, auf der Flucht

Was war das Schlimmste?
Hunger, Kälte, Verlust von Familienmitgliedern, Heimat und Tieren, Unsicherheit, Krankheit, Versehrtheit
Was war das Schönste?
Leben auf dem Bauernhof/in der Stadt, Musik und Singen, Gemeinschaft, Geselligkeit, Kirchgang am Sonntag, Spielen mit Freunden
Was ist heute besser?
Sicherheit, genug zu essen, Wärme, volle Läden,Frieden.
Was ist heute schlechter?
Alleinsein, Verlust von körperlichen Fähigkeiten (Sehen, Hören, Beweglichkeit), Verlust von Freunden, man versteht die Welt nicht mehr

Stichwörter:

Pappschälchen, Pappteller, Imbissstand, Bratwurst, Schaschlik, Würstchen, Pommes frites

lose Butter, Schlagsahne

Kirmes, Schützenfest

Was bekam man noch im Pappschälchen?

Runde Pappschälchen/Pappbecher für Eis

Schneebesen

Eröffnungsfrage: Wie war das früher?

Wer hatte so einen Schneebesen zuhause?
Wer hat ihn benutzt?
Mutter, Großmutter, Tante, Tochter, Magd, Hausangestellte
Wozu?
Sahne schlagen, Kuchenteig rühren, Eischnee schlagen
Sah er so aus wie auf dem Bild? Was war anders?
Griff farbig, aus Bakelit
Wann wurde der Schneebesen benutzt, wann wurde Kuchen gebacken?
Festtage (Hochzeiten, Geburtstag, Konfirmation, Kommunion), Feiertage (Ostern, Weihnachten), Trauerfeiern
Haben Sie gern Kuchen gebacken?
Hatten Sie immer alle Zutaten? Was gab es nicht, was fehlte?
Eier, Sahne, Butter, Zucker, Gewürze
Wann gab es am wenigsten zu essen?
Im Krieg, nach dem Krieg, auf der Flucht

Was war das Schlimmste?
Hunger, Kälte, Verlust von Familienmitgliedern, Heimat und Tieren, Unsicherheit, Krankheit, Versehrtheit
Was war das Schönste?
Leben auf dem Bauernhof/in der Stadt, Musik und Singen, Gemeinschaft, Geselligkeit, Kirchgang am Sonntag, Spielen mit Freunden
Was ist heute besser?
Sicherheit, genug zu essen, Wärme, volle Läden, Frieden

Was ist heute schlechter?
Alleinsein, Verlust von körperlichen Fähigkeiten (Sehen, Hören, Beweglichkeit), Verlust von Freunden, man versteht die Welt nicht mehr

Stichwörter:
Bei der Großmutter gesehen, Schlagsahne, Kaffeeklatsch, Torte, Sammeltassen
Stickdecke, Eierlikör, Pfannkuchenteig, Eischnee

Schöpfkelle

Eröffnungsfrage: Wie war das früher?

Wer von Ihnen hatte so eine Schöpfkelle?
Wer hat sie benutzt?
Mutter, Großmutter, Küchenhilfe, Magd
Wo war das?
Wann war das?
Sah Ihre Schöpfkelle genau so aus? Was war anders?
Aus Metall, aus Holz, bunte Emaille, Muster
Wofür wurde sie hauptsächlich benutzt?
Suppe, Eintopf, Graupensuppe, Steckrübeneintopf
Was war Ihre Lieblingssuppe/Ihr Lieblingseintopf?
Leipziger Allerlei, Pichelsteiner, Pilzsuppe, Erbsensuppe, Hühnersuppe
Was mochten Sie überhaupt nicht?
Steckrüben, Graupen („Kälberzähne")
Was gab es noch zu essen?
Lungenhaschee, Milchsuppe, Reissuppe
Was gab es nicht, was fehlte?
Wer hat gesagt, was Sie essen sollen?
Mutter, Kindermädchen, Heimleitung (Kinderheim)
Wann gab es am wenigsten zu essen?
Im Krieg, nach dem Krieg, auf der Flucht

Was war das Schlimmste?
Hunger, Kälte, Verlust von Familienmitgliedern, Heimat und Tieren, Unsicherheit, Krankheit, Versehrtheit
Was war das Schönste?
Leben auf dem Bauernhof/in der Stadt, Musik und Singen, Gemeinschaft, Geselligkeit, Kirchgang am Sonntag, Spielen mit Freunden

Was ist heute besser?
Sicherheit, genug zu essen, Wärme, volle Läden, Frieden
Was ist heute schlechter?
Alleinsein, Verlust von körperlichen Fähigkeiten (Sehen, Hören, Beweglichkeit), Verlust von Freunden, man versteht die Welt nicht mehr

Stichwörter:
Schöpflöffel, Suppenkelle
Eintopf, Suppe, Milchsuppe, Wassersuppe, Gemüse aus dem eigenen Garten, Kartoffeln, Steckrüben, Graupen (Kälberzähne), hing an einer Leiste in der Küche von Mutter/Großmutter, in erster eigener Küche

Spaten

Eröffnungsfrage: Wie war das früher?

Wer hatte einen Spaten?
Sah er genau so aus? Was war anders?
Andere Form, rostig, Stiel mit anderem Griff
Wer hat den Spaten benutzt?
Vater, Opa, Oma, Großeltern, Knecht, Gärtner, Totengräber
Wo wurde der Spaten aufbewahrt?
Schuppen, Gartenhaus, Stall, Keller, Geräteschuppen, Garage
Wozu wurde er benutzt?
Zum Umgraben, Ausgraben, ein Loch graben, einen Graben/ein Grab ausheben/vertiefen, Eis hacken
Wo wurde der Spaten benutzt?
Garten, Feld, Friedhof, Straßenbau
Haben Sie auch mit dem Spaten gearbeitet?
Noch zu klein, Mädchen durften nicht
Wann wurde der Spaten benutzt?
Tageszeit, Jahreszeit
Wann gab es am wenigsten zu essen?
Im Krieg, nach dem Krieg, auf der Flucht

Was war das Schlimmste?
Hunger, Kälte, Verlust von Familienmitgliedern, Heimat und Tieren, Unsicherheit, Krankheit, Versehrtheit
Was war das Schönste?
Leben auf dem Bauernhof/in der Stadt, Musik und Singen, Gemeinschaft, Geselligkeit, Kirchgang am Sonntag, Spielen mit Freunden
Was ist heute besser?
Sicherheit, genug zu essen, Wärme, volle Läden, Frieden

Was ist heute schlechter?
Alleinsein, Verlust von körperlichen Fähigkeiten (Sehen, Hören, Beweglichkeit), Verlust von Freunden, man versteht die Welt nicht mehr

Stichwörter:
Garten, Beet umgraben, Schaufel
„Der erste Spatenstich" (beim Hausbau oder auf der Baustelle)
Torf stechen
Bergbau

Speck

Eröffnungsfrage: Wie war das früher?

Bei wem gab es Speck zu essen? Wie oft?
Selten, öfters (Hausschlachtung, Bauernhof)
Wie sah er aus? Was war anders?
Nicht so durchwachsen, ganze Speckseite, dünnere Scheiben, mit Schwarte, schwarz geräuchert
Woher bekamen Sie den Speck?
Wir haben selbst ein Schwein gehalten und geschlachtet. Vom Fleischer/Schlachter, vom Bauern, von den Großeltern, von Verwandten, im Geschenkkorb
Wozu wurde der Speck gegessen, wie wurde er zubereitet?
Wie haben Sie den Speck am liebsten gegessen?
Mit Zwiebeln gebraten, im Eintopf, Frühstücksspeck auf Brot (Pause auf dem Feld, bei der Gartenarbeit), mit Rührei, mit Spiegelei (Strammer Max), vom Holzbrett
Wann gab es am wenigsten zu essen?
Im Krieg, nach dem Krieg, auf der Flucht

Was war das Schlimmste?
Hunger, Kälte, Verlust von Familienmitgliedern, Heimat und Tieren, Unsicherheit, Krankheit, Versehrtheit
Was war das Schönste?
Leben auf dem Bauernhof/in der Stadt, Musik und Singen, Gemeinschaft, Geselligkeit, Kirchgang am Sonntag, Spielen mit Freunden
Was ist heute besser?
Sicherheit, genug zu essen, Wärme, volle Läden, Frieden

Was ist heute schlechter?
Alleinsein, Verlust von körperlichen Fähigkeiten (Sehen, Hören, Beweglichkeit), Verlust von Freunden, man versteht die Welt nicht mehr

Stichwörter:
„Mit Speck fängt man Mäuse."„ Glänzen wie eine Speckschwarte."
„Mit dem Speck nach dem Schinken werfen." „Speckige Haare", „speckiger Kragen"
Räucherspeck, Bauchspeck, Tiroler Speck, Schinkenspeck, Speck auslassen für Griebenschmalz, Rückenspeck für Mettwurst oder Salami
Speckschwarte zum Verschieben von schweren Möbelstücken (wurden unter die Möbelfüße gelegt)
Speckschwarte für die Vögel im Winter
Speckstein

Weidenkorb

Eröffnungsfrage: Wie war das früher?

Wer hatte einen Weidenkorb?
Sah er so aus? Was war anders?
Anderer Henkel, zwei Henkel, andere Form, Farbe, Größe, kaputt
Wem gehörte der Korb?
Mutter, Großmutter, Tante
Wozu wurde er benutzt?
Zum Einkaufen (Markt oder Geschäft), bei der Obsternte, zum Sachen transportieren
Welche Weidenkörbe hatten Sie noch?
Wäschekorb, Kiepe, Nähkorb, Korb für Feuerholz, Korb für Servietten, Korb für Perücken und Haarteile, Eierkörbchen, Brotkörbchen
Wann gab es am wenigsten zu essen?
Im Krieg, nach dem Krieg, auf der Flucht

Was war das Schlimmste?
Hunger, Kälte, Verlust von Familienmitgliedern, Heimat und Tieren, Unsicherheit, Krankheit, Versehrtheit
Was war das Schönste?
Leben auf dem Bauernhof/in der Stadt, Musik und Singen, Gemeinschaft, Geselligkeit, Kirchgang am Sonntag, Spielen mit Freunden
Was ist heute besser?
Sicherheit, genug zu essen, Wärme, volle Läden, Frieden
Was ist heute schlechter?
Alleinsein, Verlust von körperlichen Fähigkeiten (Sehen, Hören, Beweglichkeit), Verlust von Freunden, man versteht die Welt nicht mehr

Stichwörter:

„Einen Korb bekommen."

Wäsche zur Heißmangel bringen

Korbflasche, Chianti-Flasche („Ja, ja der Chiantiwein!"), Weinballons mit Korb umflochten

Korb am Fesselballon

Picknickkorb

Korbstuhl, Korbsessel, Korbweide

Korbflechter

Warenkorb

Wurzelbürste

Eröffnungsfrage: Wie war das früher?

Wer hatte eine Wurzelbürste?
Sah sie so aus? Was war anders?
Andere Form, Farbe, Borsten
Wo wurde sie aufbewahrt?
In der Küche, unter der Spüle, im Putzeimer, im Keller, in der Waschküche
Wozu wurde sie benutzt?
Saubermachen, Fußboden schrubben, Gemüse saubermachen, Stiefel putzen, Kessel schrubben, Gartenwerkzeug sauber machen
Wer hat sie benutzt?
Mutter, Vater, Opa, Onkel, Putzfrau, Hausmeister, Knecht
Wie oft wurde die Wurzelbürste benutzt?

Was war das Schlimmste?
Hunger, Kälte, Verlust von Familienmitgliedern, Heimat und Tieren, Unsicherheit, Krankheit, Versehrtheit
Was war das Schönste?
Leben auf dem Bauernhof/in der Stadt, Musik und Singen, Gemeinschaft, Geselligkeit, Kirchgang am Sonntag, Spielen mit Freunden
Was ist heute besser?
Sicherheit, genug zu essen, Wärme, volle Läden, Frieden.
Was ist heute schlechter?
Alleinsein, Verlust von körperlichen Fähigkeiten (Sehen, Hören, Beweglichkeit), Verlust von Freunden, man versteht die Welt nicht mehr

Stichwörter:
Fußboden, Scheuerpulver, Schmierseife
Schlachttisch sauber machen, Gartenstühle schrubben, Gartenbank schrubben, Moos von den Steinplatten schrubben, Schrubben auf dem Waschbrett

Zwiebeln

Eröffnungsfrage: Wie war das früher?

Woher bekamen Sie Zwiebeln?
Kaufmann, Gemüsehändler, aus dem eigenen Garten, vom Bauern, von Verwandten, von den Großeltern
Sahen die Zwiebeln aus wie auf dem Bild? Was war anders?
Rote Zwiebeln, Gemüsezwiebeln, Frühlingszwiebeln, Schalotten, andere Form, Größe, Geschmack, Geruch, milder oder schärfer
Wie haben Sie die Zwiebeln gegessen?
Mit Speck gebraten, in der Suppe, im Eintopf, im Salat, roh, auf Mett (Hackepeter)
Wozu wurden die Zwiebeln noch verwendet?
Bei Insektenstichen, mit Kandis angesetzt als Hustensaft

Was war das Schlimmste?
Hunger, Kälte, Verlust von Familienmitgliedern, Heimat und Tieren, Unsicherheit, Krankheit, Versehrtheit
Was war das Schönste?
Leben auf dem Bauernhof/in der Stadt, Musik und Singen, Gemeinschaft, Geselligkeit, Kirchgang am Sonntag, Spielen mit Freunden
Was ist heute besser?
Sicherheit, genug zu essen, Wärme, volle Läden, Frieden.
Was ist heute schlechter?
Alleinsein, Verlust von körperlichen Fähigkeiten (Sehen, Hören, Beweglichkeit), Verlust von Freunden, man versteht die Welt nicht mehr

Stichwörter:
Weinen beim Zwiebeln schneiden, Mundgeruch
Röstzwiebeln, Zwiebelsuppe
Zwiebeln in der Speisekammer aufbewahren (Zwiebelzopf), Zwiebeltopf
Zwiebelschalen zum Färben von Ostereiern
Zwiebeln setzen (im Beet)
Blumenzwiebeln
Zwiebelturm

Mit Kräuterduft Erinnerungen wecken

Ulrike Kreuer
Das Gartenjahr
für Menschen mit Demenz
Für draußen und drinnen
(Reinhardts Gerontologische Reihe, 63)
2022.
144 Seiten. 40 Abb. Innenteil farbig.
(978-3-497-03095-8) kt

Die meisten an Demenz erkrankten Menschen werden zu Hause von Angehörigen oder Freunden gepflegt und betreut. Eine anspruchsvolle und kräftezehrende Aufgabe. Beiden Seiten tut es daher gut, in kreative, unbeschwerte Aktivitäten rund um das Thema Garten einzutauchen, denn: Der Garten ist für viele Erkrankte ein Ort mit positiven Erinnerungen. Die Monate bilden das Grundgerüst des Buchs und führen durch die Jahreszeiten des Gartenjahrs. Angehörige oder BetreuerInnen können aus einer Fülle an kleinen und großen Gartenideen wählen.

Raten, lachen, Sprüche klopfen

Stefan Gutensohn / Antje Siebert-Görlitz
Den Spruch kenn ich!
Frage-Antwort-Spiel zum Rätseln und Erinnern
120 Sprüche aus Märchen, Poesiealben und Redensarten
2. Auflage 2021.
124 Seiten. Farbige Karten in Kartonschachtel. Mit Spielanleitung.
(978-3-497-02776-7) Karten

Spieglein, Spieglein an der Wand – an Märchenreime erinnert man sich ein Leben lang. Auch Verse aus dem Poesiealbum sind Erinnerungskult: Von Hand zu Hand weitergereicht, wiederholten sich oft die Eintragungen und sind tief im Langzeitgedächtnis verankert. Redensarten sind Sinnbilder, die Jung und Alt im alltäglichen Gespräch als kostbarer, einprägsamer Sprachschatz begleiten.
Alle Quiz-Karten dieser drei Bereiche sind in zwei Schwierigkeitsstufen eingeteilt und können individuell ausgewählt werden. Schrift- und Kartengröße eignen sich auch für Menschen mit leichter Demenz, die gerne die Fragen in der Gruppe vorlesen und den Spielverlauf mitgestalten. Und wer nur zuhört, dem zaubert ein Wiedererkennen vielleicht ein kleines Lächeln auf die Lippen.

ernst reinhardt
www.reinhardt-verlag.de

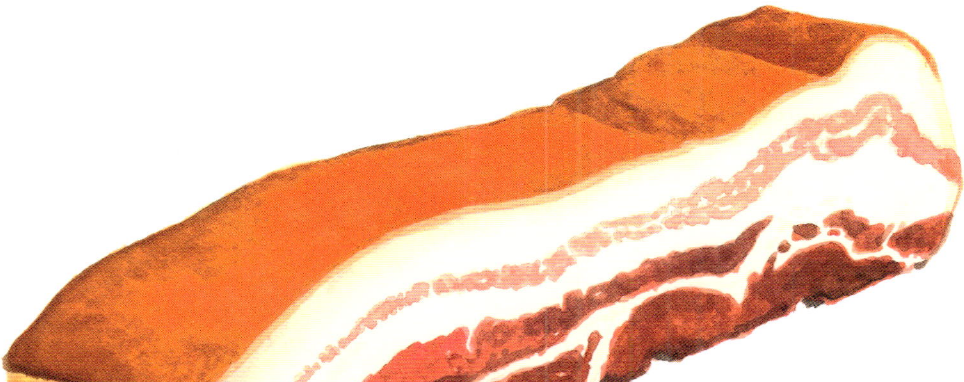